启真馆 出品

启真·闲读馆

逸庐花事

李涛 著

浙江大学出版社
ZHEJIANG UNIVERSITY PRESS

李涛

文学博士，写作者、纪录片导演。

出版诗集、学术著作若干种；创作纪录片数十部。

现居上海，任教于上海戏剧学院。

目　录

月季时节

月季开在寒冷的早晨，令人产生错觉，难道冬天快过去了？

冬天当然要认真走完它冗长的流程，但月季同样未辜负园丁。

北方的大街上，除了下雪，月季一年到头开着，深红、浅粉、明黄，热热闹闹。有院子的人家，也往往种上那么几簇，花开花落，季节就暗暗打发了。南方却很少种那么多月季，或许是可以选择的植物太多了吧。多见的倒是藤本的安吉拉，整株拗成拱门状，装点着中产阶层的趣味。

那年夏天，在花卉市场晃，看到一棵很茁壮的月季。卖花人说这株月季他养了几年，花大如碗，还说这其实不是月季，是玫瑰。我虽然辨不清月季的种类，但对月季与玫瑰的关系还是知道一些，也不去更正他，就请他挖出来，带了回去。

月季很快就开了花，果然不假，花比拳头还大，其香馥郁。

比起其他的花，月季还是较好莳弄，喜光，大肥大水，但易生黄斑病、白粉病，病叶一出现便迅速蔓延。最多的时候，我养了 30 株月季，一旦染病，大有"风生白下千林暗，雾塞苍天百卉殚"之感。解决之道也简单，晴日喷药，一喷再喷。

做园林的老王来，一眼见到那株"本来是玫瑰"的月季，皱起了眉头。他讲，这种有刺的东西，不好放在门前，荆棘招小人。世间小人随处有，非关花木，但月季确也几次挂到衣服，也就任老王几铁锹下去，移到屋后，由亚热带迁至北温带矣。

这株月季从此花容黯淡，病恹恹的。另外 30 株，数年下来，死伤泰半。余下的，一一掘出上盆，修叶剪枝，居然至今绽放不歇。

我的记忆中，曾有几次为此花惊艳。在西北，喀什著名的香妃墓，庭院中遍植月季，虽不甚香，却平添了浪漫。上海的辰山植物园，月季一畦一畦，并有若干树状者，这种嫁接的月季，身材颀长，又具美艳，仿佛雌雄同体。

余少年时，常居七岭子外祖母处，三间青砖瓦房，庭院纤尘不染，窗下一丛月季，风姿绰约。我常有疑问，中国人为什么这么喜欢月季？盖其不娇气、花色繁且花期长耶？

李笠翁名月季为"断续花"，释之曰："花之断而能续，续而复能断者，只有此种。"但这四季开放的花，古来却不大为骚人墨客待见，咏月季的诗词，不只数量上大大少于梅、兰、菊、牡丹，成绩也逊色不少。这是一个值得研究的文化现象。

比之文字，绘画将月季作为描摹对象的倒不少。有一年在朱家角古镇上闲晃，见到一个没了盖子的四系粥罐，上绘月季黄雀，颇为传神，并题道："闰月更添一番新"。脑子若不转一下，还真想不明白它的意思，原来是画家在赞美月季开花不偷懒，因为闰月，园丁又多享受了一段花期。可谓妙语。后又见吴昌硕题月季图云："今年逢闰月，开了十三回。"就咏月季而言，我觉得比唐宋诗人境界高出许多。

这个罐子如今就在我的案头，作水盂用。但那一株最大的月季，始终如黛玉般，没有起色。"花柳自无私"，问题在园丁身上。

却说月季与玫瑰的关系，那可真是一笔糊涂账，要植物学家才说得清。简言之，它们都是蔷薇科的，甚至都称rose，中国古代的月季，是个模糊的甚至有些杂乱的文化概念，并非严谨的植物学概念，或许不一定就是今天的月季。我们今天栽种的，称为现代月季，还是我们自己的古老月季西传欧洲之后所形成的。水手、牧师、植物学家把这个东方的奇葩带回自己的国度。据考证，大约在18世纪，月季完成了与玫瑰的结合，成为今天月季花的祖先。

这是一个让我们颇感欣慰的故事。如此说来，我们很难与苏东坡、杨万里们见到同样的月季，文人也不必利用搜索引擎去查古人咏月季诗词来穿凿附会，而"无力蔷薇卧晓枝"之蔷薇，与月季的相似度则在百分之九十以上。

朱顶夺目红

朱顶红,吾乡称对红,盖其著花,一箭之上,往往一对至两对,故有此名。

还是住在西郊时,看管车库的阿姨种了几株,就在向阳的窗下,见我喜欢,便分了我一株。小小的一个花球,实在是随遇而安,栽在盆里,年年报春,虽无香,却秀色夺人。

盆栽朱顶红的花期在三四月间,如是露地栽植,要晚许多。我种的几盆,都是从当初的一个鳞茎分而得之的,其繁殖能力强矣。

观看朱顶红开花的过程,需要有耐心,整个冬天,它最外面几个叶子渐黄暂萎,几乎是休眠了,忽然有一天,园丁浇水的时候,发现球茎上挤出了一个绿芽,再过几天,绿芽挣脱束缚，仿佛想看清窗外的景致，努力拔节。当冲破叶子的弧线，花茎便停下来，花苞日日鼓胀，绿隙中透出些暗红，清晨醒来，你会得到一对红花的问候。

每逢此时，我便将它移到书房，夜阑人静，检书烧烛，竟无倦。

朱顶红花期有十几天，去岁春，其欲开时，离家二旬，归时已谢，虽非一期一会，却实在是少看了一回，今年便格外盼望着它开。

吾乡有极擅莳此花者，每年冬季，控温控光控水肥，除夕必开，自是喜庆，以至于我一直认为它的花期是正月。

一向喜欢于非闇的画，他曾画过一幅朱顶红，并记："柱顶红画本所无，特为之写照。一九五八年三月非闇时年七十岁。"画面上，两枝花葶，六朵花，妖娆妩媚，浓淡逼真，甚至叶片上还有一处折伤的痕迹。

于氏没有留下"画语录"一类的东西，但曾经谈过对于花木的观察分析和呈现。有一次，他画了一小幅美人蕉，一位养花专家见了，告诉他：此花肥料不足，故花瓣唯红色，若肥足，则花瓣边缘泛金黄色。这一细节，从侧面证明了其写生之精确。"它们在风、晴、雨、露和朝阳、夕照动静变化的时候，却也需要我们平心静气地体会琢磨。"

朱顶红并非难以描摹，但于氏的作品却堪称创造，因为在他之前，没有谁这么画过。作此画次年，画家辞世，花应寂寞红吧。

朱顶红花似百合，叶如君子兰，所以有的地方又称百合兰。但无香，算是一憾。它的颜色也不都是红的，我曾看过一段五十年代的黑白电影，一位妇女在上海凤阳路花市上买了一盆朱顶红，影片虽然没有颜色，但可以清楚看出来花朵是双色的。

朱顶红花落后，柱头膨胀，如小粽子，顶上枯萎的一绺花瓣像个小辫子，种子便在其中熟了。有一年沈扬兄来，见此，命余剪去，谓空耗养分。且此花极易分株，春天时分出的鳞茎，来年便可开花，播种者反而开花要晚。

盆栽的朱顶红开过后，院子里的一小丛开始长叶子了。朱顶红不喜强光，须栽在藤阴的边缘，初夏花开，绿丛中格外耀眼。在朱顶红边上，我还种了百子莲、鸢尾、萱草、唐菖蒲。朱顶红的叶子与百子莲几乎一样，只是没那么密。它们都有花葶，但花序不同，百子莲花期也更长。同样是露地栽培，霜降后，朱顶红和其他几种花的叶子便枯萎了，百子莲却经冬不凋。

寒斋今年的朱顶红是清明后两天开的，晨起便进书房，猜它已经开了。果然，红花并蒂，玉立亭亭，像是用薄天鹅绒扎出来的。一天的时间里，又开了第三朵。浮生漫漫，花期苦短，唯有细细欣赏才对得住这样的美。古人所谓种花一年，看花十日，这个心情，园丁是时时体验的。

19世纪欧洲植物画大师雷杜德亦曾为朱顶红写照，他画了一生的植物，对一朵玫瑰与一朵野花给予同样的尊重。81岁那年，他在观察一朵百合时摔了一跤，永远告别了那些花朵。欣赏美，有时付出的代价会很大。

因为蒲公英的缘故

　　吴凡的版画《蒲公英》问世几十年了，但画面一直印在我脑海中，宛如一幅新作。色彩、构图、诗意，小女孩嘟起的嘴与蒲公英的花絮，十分迷人。

　　儿童作为绘画的对象，比动植物晚多了，拉斐尔时代的儿童，都生着翅膀，到了雷诺阿这帮印象派的时代，儿童才能够带着他们自己的本真走上画架。中国的情况也好不了多少，除了丰子恺的漫画，一百午来，找不到多少真实的儿童形象，他们更多的是在一些主题性的绘画中充当陪衬或代言。

　　我曾想，如果那个小女孩手里捏着的不是蒲公英，而是别的野花，或者野菜，又或者她的小镰刀不是放在柳条筐边上，而是拿在手里，作挖野菜状，这幅画还会让我这么惦记吗？

因为蒲公英的缘故。

蒲公英可能是我最早认识的野花了，早春时节，寻常巷陌、田间地头，甚至都会某幢广厦的一角，随处可见。这实在是由于它的种子自带飞伞的原因，在吴凡画里，只需那么一吹，百十粒种子便开始了奇妙的旅程。一旦落定，有了阳光、雨露，一株新的蒲公英便诞生了。

小园里每年都会有一些蒲公英开出来，此时走路，格外小心，怕踩着它们。花初开时，差不多贴着地，随后花葶蹿高，擎着毛茸茸的小球，仿佛这样，便能因风而起似的。

15世纪伟大的植物学著作《救荒本草》准确描绘了它的肖像："孛孛丁菜，又名黄花苗，生田野中。苗初掬地生。叶似苦苣叶，微短小。叶丛中间撺葶，梢头开黄花。"蒲公英的花黄极了，像一粒粒金扣子，又如一枚枚金钉。吾乡先贤王瑶峰，是个翰林，据说少年时便才华横溢。春天时，先生考他："野外黄花，如金钉钉地。"渠对曰："城中白塔，似玉钻钻天。"我小时候便闻此传说，不料后来又见此联话，主角却换了贵州的周渔璜，也是个翰林。其实这正是民间故事的一个特征，王、周皆为胡适所说的"箭垛式人物"，不过至少证明从东北到西南，到处都有蒲公英的身影。

《本草新编》里说："蒲公英，至贱而有大功，惜世人不知用之。"一朵如此常见的花，被忽视的历史还挺悠久。这个"大功"是什么？医病、疗饥。许多时候，后一种需求更突出一些。

世知蒲公英之可食，应该是很早了。它还有一个帅气的名字——黄花郎，一听便有侠气。《救荒本草》中是这样描述的："茎叶折之皆有白汁。叶微苦。""救饥，采苗叶煠熟，油盐调食。"明人鲍山的《野菜博录》沿袭了这个食用部位和方法，足见蒲公英在人类漫长的饥馑期之地位。

我藏了一本有趣的书《野菜与营养》，为朝鲜战争期间军方所编印，目的是教志愿军在战场上粮食短缺的情况下，如何利用各种野菜，而里面便有蒲公英，描述甚详："全株伏地丛生，外形与苦菜同，惟叶边分裂处有甚大缺口，边缘无刺，叶色鲜绿。五月初叶丛中抽出花柄，高二三公分，开黄色头状花。味微苦。"给出的食用时期和方法也很具体："三月至五月底可采嫩叶食用，食用方法同苦菜。五月到八月采花放入汤中烹食。工作人员生食无毒。"

这场战争距今已数十年，不会有人注意到一朵小黄花和它有什么关系。

蒲公英的种类很多，有西洋蒲公英、朝鲜蒲公英、东北蒲公英等，一般人不易分辨，常见的应该是东北蒲公英吧。

如今人们食野菜自然不为疗饥，多半是城里人鱼肉久了，换个口味。降血糖、治胃炎、清热解毒，去年，母亲听人家讲了蒲公英的这些好处，便四处采挖。在钢筋水泥的城市里，居然也给她找到许多。老太太每天出去寻找蒲公英的踪迹，也不知走了多少路，蹲下去多少次。蒲公英拿到家，还要清洗、晾晒，煮熟拌菜或代茶饮。母亲挖得多，分赠我们和邻居不少，还采了种子快递给我。

蒲公英茶，其味略苦，半杯下去，就不觉得了。

今年，小园蒲公英又开花了，版画家吴凡去世已经两年，我喝茶时，偶尔会想起，1959年的那个小女孩，她挖蒲公英是为了什么呢？

这样一想，倒有些忧伤了。

紫堇归

十月杪，紫堇归，几天时间，一丛丛就有手指般长，在后面的日子里，它们将要经历寒冷的考验，甚至灰头土脸，而苦心孕育的花朵，则要到一百天之后才能开放。

不过，并非所有的紫堇都这么敏感性急，它们更多的要到二三月才姗姗露面。

第一次见到紫堇，是在黔北的海龙囤，海拔千米以上的地方。这是一座宋明时期的土司城堡遗址，白云苍狗，换了人间，唯剩这些紫色的小花在断墙残垣中默对斜阳，问了一起登临的当地人，说是紫堇。

紫堇为草本，其叶羽状全裂，上绿下白，看上去是灰绿色。总状花序，造型奇特，长长的花距，曲线流畅，如鱼似鸟。贵州的朋友说，紫堇全草可入药，味苦有毒，却能解毒杀虫，从前山里樵夫被蛇咬了，将紫堇捣碎，敷在伤口上，可救命。

说来奇妙，第二年，我的小园里，便生出几棵紫堇，这大约是鸟的功劳。

鸟是园丁的朋友。园子里，不时会冒出一些不速之客，紫薇、花椒、石榴、天竹、蜀葵、鸡冠花、凤仙花这些不必说，它们的后代常常会在几步之外出现，但枸骨、红叶石楠、含羞草这样的稀客在园子里出现，就一定是这大自然的搬运工——鸟类的杰作了。

认识紫堇，带给我不少快乐。有一年春天在安吉，发现竹林里有一大片紫堇，晨光中，地上仿佛铺了一张淡紫色的绒垫，如果是从前，大概只能说"一大片野花"吧，那感觉毕竟两样。据说江浙一带的紫堇，多为刻叶紫堇，除了叶子的形状略有差异，花形与颜色也有不同，只是一般人未必分辨得出。但它们的习性却极其相似，丘陵、碎石地、沟岔里，都是它们的福地，如遇一道古墙，更是欣欣然制造起"吴宫花草埋幽径"的氛围，静候文人雅士的怀古幽思。

紫堇如此随遇而安，其家族必是不小，查考一番，果然如此，中国目前已达300余种，什么藏紫堇、察隅紫堇、豌豆根紫堇、川西紫堇、杂多紫堇，这很让我的自尊心饱受打击，当年如果去读植物学博士，能否毕业，真不好说。美国一家电视台评选出2018年度美国庭院12种最漂亮的林下宿根花卉，其中便有紫堇，名为青鹭，青色的花朵和红色的花茎形成颜色对比，深邃而高贵。在中国，这种颜色的紫堇多生于海拔较高处的岩边水畔。

　　关于紫堇的药用，医书上说，夏采全草，晒干或鲜用，秋挖其根，洗净晒干。我曾挖出它的根观察，小小的，比芡实大一圈，是否可以称作宿根，不懂。

　　翻看手机相簿，我的紫堇是今年三月开的，逆光下，仿佛一个个紫水晶雕刻的如意。它们或生在杏树、蔷薇下，或生在河堤旁，都是半荫处，似乎不喜欢强光。《清稗类钞》是我很喜欢的一部书，中学课本里选了其中的《冯婉贞》一篇。少不更事，以为它是一部史书，后来才发现是一部百科全书，书中植物部分甚佳。"紫堇"条曰："紫堇为多年生草，生于阴湿地，茎高二尺许，叶羽状分裂，略似水芹。春暮开总状花，色红紫。"与我之实际观察印证，描述准确得惊人。紫堇一年比一年生得多，于是就小心翼翼地挖出一些，栽在陶盆里，放在门口。最初几天，叶子蔫蔫的，多浇水，很快恢复了生机，漂亮极了。

紫色天使的花期不长不短，立夏至，天渐暖，种子初成，便无影无踪了。有一种伏生紫堇，又叫"夏天无"，这名字有一丝调皮，又有几分自矜，使人不由得多看上几眼。

"开到荼蘼花事了"，宋人的名句不只是敏感者的发现，还透露出一幅《群芳图》的观赏已经到了拖尾处的消息，毕竟"绿树阴浓夏日长"，夏天的主旋律不是花。紫堇明白，知进退，是高贵植物的一种境界。

花谢花开，是一次糅合了神秘、感伤、无奈、期待的旅程，作家叶圣陶有一阕《西江月》词咏海棠："冉冉星移斗转，年年枝发花新。花开相对自欣欣，谢了也无闷损。"东风袅，海棠娇，自开及谢，不过数日，烦闷伤神，等于浪费了一个春天的美好记忆，不合算。紫堇平常，但道理是一样的。

干热的夏日，阳光与月色催熟紫堇的种子，它等待着园丁不经意的触碰，浇水时，裤脚挂到它，便无声地弹射开来。猫和鸟似乎也懂得它的心思，友好地驮着细小的种子，播撒到别处的花园。

紫堇完成了一次生命的轮回。

马蔺开花二十一

四月十五日，马蔺花开。

植物是出色的气象工作者，总是及时发布季节的行踪，古人"栽数种花，探春秋消息"，是何等诗意的选择。马蔺开，端午将至。粽子的味道，几十年似乎差别不大，最不同的，是扎粽子的绳子，从前用的不是棉线，而是马蔺草。

那时米贵，一粒也不能浪费，箬竹叶北方不产，剥时须极小心，因为来年还可再用，而马蔺至贱，但也不妨令其有第二个夏天，只是那味道淡了不少。

我的记忆中，马蔺也就这样一点用处。它虽然也开花，却没有谁家肯养一盆，除了同学李戈他爸。

李戈他爸是钢管厂工程师，懂俄语。他家院子里有一大盆马蔺，李戈告诉我，是从他奶奶坟上挖的，一副神秘兮兮的样子。马蔺开花时，我见过几回他爸给花浇水。大人的世界，小孩子不懂，只是我每次看见那盆马蔺就想到他奶奶，尽管我从没见过她老人家。

上海的花市见不到马蔺，我从东北带回一小株，种在鸢尾边上，几年下来，茂密成墩，今年长得尤好。

同是鸢尾科，鸢尾倒是更常见，价亦不菲。春天，鸢尾总是先开，其叶恰到好处地弯曲，花朵轻盈，一副园圃精英的样子，马蔺则精悍无比地挺立，仿佛支支羽箭。

大约它太沉得住气，便让过了无数春花，只留在了跳皮筋女孩的谣曲中："一根键，十八踢，马蔺开花二十一……"

为什么是二十一，不是二十七？不懂。

在不同的地方，马蔺有不同的名字，马莲、马兰、兰花草等等。有些可能是读音造成的异名，有些多少是因为与别的植物近似，如兰花，其实二者也就是叶子略似，其他则完全不属于同一阶级，所谓"贾府上的焦大，也不爱林妹妹的"。20 世纪 80 年代，台湾校园歌曲风行一时，有一首《兰花草》，作词"佚名"，实际是胡适的白话诗《希望》，略有改动而已。"我从山中来，带着兰花草"，听者多以为兰花草即兰花，其实非也，当为马蔺。彼时我们对胡适之尚未有一个客观评价，孰料他的思想靠着一株野草得以曲折地传播了。我当然是读过《尝试集》的，但90年代初，读香港中华书局版的《胡适的日记》，至1921年10月4日，再见《希望》一诗，感受大不同，慨先驱者的苦闷与祈望尽在其中矣。又过20年，谒台北胡适故居，睹斯人之日常，庭中草木，并无兰花草，但墙壁上有他的手迹——"要怎么收获，先那么栽"，犹如棒喝，直入灵台。

《说文》释马蔺云："似蒲而小，根可为刷。"马蔺的叶子确如蒲草，因为多生旱地，它的根系异常发达，据说甚至超过叶子的长度，故气候干燥、土壤沙化的北地多广植以保水土，并名之"旱蒲"。

马蔺花为紫蓝色，有白色变种，未曾见过。我总以为其美不输鸢尾，但似乎没有花店卖它。马蔺季过，萱草将开，泰戈尔吟道："夏天的飞鸟，飞到我窗前唱歌，又飞去了。"

哲人的世界，植物不懂，我们也未必懂。我这一代人，多半不会自己包粽子，于是，西风秋水，那蓬马蔺就慢慢枯黄，瘫在冬天。

木兰花慢

二月二，去南京，发现那里的花似乎比上海开得早。上海的玉兰，还竖着一个个毛笔头，鼓楼公园的玉兰已经"千干万蕊，不叶而花"，美极了。

玉兰又称木笔、木兰、辛夷，300多前的一个春天，复社文人侯方域于秦淮河畔见了名妓李香君，吟诗曰："夹道朱楼一径斜，王孙初御富平车。清溪尽是辛夷树，不及东风桃李花。"诗人于万花丛中，将心爱的人比作桃李，余皆为辛夷，其实并非后者不佳，只是错过了年华而已。金陵辛夷放时，桃李枝头还未见花蕾。

玉兰生南国，花开时，尚有轻寒，但正是"二八月，乱穿衣"的时节。周昉之《簪花仕女图》藏辽博，其创作时代，诸说不一，杨仁恺以人物之肥硕断为唐，徐邦达以绢色断为中唐，谢稚柳则盯住了图后段的一树辛夷，春花开而仕女着纱衣，在南方尚可能，在北方则绝无此事，由此断为南唐。南唐为偏安江南之政权，都城江宁即今之南京，正是适宜辛夷生长的地域。可见书画鉴赏之道，不唯关乎学识、眼光，尚须有观察风光物候的经验。

古代中国绘画亦曾有很好的写实传统，前几年，科学家从宋徽宗赵佶的御题画《芙蓉锦鸡图》中，找到了鸟类杂交的最早记录，证实了该画中的锦鸡是一个杂交个体，这项研究成果后来发表在国际鸟类学期刊《鹮》上。那幅画中，尚有芙蓉花、菊花、蝴蝶，我想，植物学家、蝶类学者如纳博科夫或许都能从中有更多发现吧。

比之西方刻画毕肖的博物画，中国的花鸟画更具情感。余居北方时，玉兰向所未见。记得有一年春节，家里买了张年画，于非闇之《玉兰黄鹂图》，画面上十数朵洁白玉润的兰、两只黄鹂，一动一静，蓝色的背景，瘦金体的款，构图设色，高贵之极。及长，读于氏之画愈多，更阅其文，方悟这如此境界之得来，亦与其人生阅历相关，毕竟，人家的贵族出身不是说说的。

于非闇的画在墙上贴了几年，我印在脑子里以后，看什么人画玉兰，也不及这一幅。而且，多年以后玉兰花见多了，总是希望看到有黄鹂落在上面。有一天，我发现玉兰上面落了一只喜鹊。

我从来没有见过一个画家把这两样东西画在一起。喜鹊的树应该是梅花，且看民间的剪纸什么的，都是喜鹊登梅，寓喜上眉梢之意。喜鹊上了玉兰，总归别扭。古人曰：良禽择木而栖，我始终觉得是真的。"上林多少树，不借一枝栖"说的是一只自由主义之鸟，"拣尽寒枝不肯栖，寂寞沙洲冷"说的是一只有洁癖的鸟，它们和人类中某些分子一样，不肯随随便便依附谁，免得委屈了自己。不过，喜鹊，吉鸟也，错误地落在玉兰上，莫非也是迷恋了它的美？只是不知道有人更期待黄鹂罢了。

很多年前，祖父去世，我们送他回老家，一个叫东山的地方，返城的时候，我看见几只喜鹊自半山腰的山楂树丛中掠过，春天将至。打那时起，我便一直觉得喜鹊应该出现在莽苍萧瑟之山林。

贾祖璋先生考证过玉兰、辛夷、木笔这些名字的关系，简言之，南宋之前，玉兰称迎春，木笔本为嫁接玉兰之砧木，而辛夷有称木笔，有称木兰。玉兰的叫法是明代才有的。贾先生表示，无法判断木兰是什么。我觉得这些可能永远也弄不清了，对我这样不求甚解者来说，一笔糊涂账也没什么不好。

玉兰的花期不是很长，你希望它慢慢地开，迟迟地谢，却无法阻止孟春的薰风。郑逸梅氏云："撷取玉兰瓣，和以面浆，以麻油煎食，极佳。蜜浸亦可。"美则美矣，如何舍得，还是屈原"朝饮木兰之坠露兮"比较妥当，如果可以确定木兰便是玉兰的话。

一年蓬

梅雨方至，一夕轻雷，顷落万丝，一年蓬倏忽不见了，就如同初春出现时那么干净。

野草闲花，俱有可爱者，一年蓬是顶漂亮的，差不多可以用不忍攀折来形容了。这缘由，多少与我的阅读经验有关。

李白说："此地一为别，孤蓬万里征。"苏东坡说："悟此长太息，我生如飞蓬。"每当他们与亲朋至好依依惜别，蓬，便出现了，仿佛它是专为伴随诗人的孤寂伤感而生的。孤蓬、转蓬、飞蓬，于中国诗史的字里行间，不时飘过，一部中国文学史是一部离愁别恨史。

这个蓬，是什么？《说文》释为"蒿也"，蓬蒿亦常并用。但我以为它们分明是两种植物，放在现代植物学分类中，"蓬"应该归于菊科飞蓬属，一年蓬即是其中翘楚。

在我还是一个沉醉诗词之美的少年时，尚未学会将文字下酒，滋润愁肠。

经过吾乡的铁路，还是19世纪末俄国人修建的，沿着铁路是一排排俄国人、日本人建造的房子，我有不少同学住在这里。每次火车开过，地板便嗡嗡作响，连说话都听不清楚。还记得一个刘姓同学家院子里有一口缸，上面盖着一个巨大的青花瓷盘，据说是前清的，缸的周围生着鸡冠花、江西腊、野草、一年蓬。

那时候我只知道这是些自生自灭的好看的野花，而且没人搭理它们。夏天，我们沿着铁轨漫步时，它们随处可见。我曾一度猜想，它们是跟着火车一路飞翔的。

这个地方叫作小庄，房子都很矮，从这里往南，看得见俄国人修的水塔。姨夫陈昌住这里，他在伪满洲国时读了个师范，写一手漂亮的毛笔字，戴着深度近视眼镜，我至今记得他吟诵《吊古战场文》的表情：

浩浩乎，平沙无垠，敻不见人。河水萦带，群山纠纷。黯兮惨悴，风悲日曛。蓬断草枯，凛若霜晨。

我每见他，便缠他写那些我喜欢的诗词，甚至我自己的歪诗，他总是一挥而就。

挚友眈陆家也住小庄，他那时生得瘦，一副多愁善感的样子。他爸爸则有风度极了，是位谜语专家，原名春砚，后改为东航，常教眈陆写《九成宫》，眈陆一有空就在废报纸上练。我在他家里，看到了1957年版的《戴望舒诗选》。东航叔叔还教会我如何把苹果皮削成长长的一条而不断。

我走过春天里冰雪消融、泥泞不堪的小庄的路，走过烈日炎炎、开着丛丛一年蓬的小庄的路。贫瘠的少年时光很快就被呼啸而来的绿皮火车带走了，时空流转，飞鸿雪泥，千山外，亦如蓬草般漂泊。

眈陆后来去了首都，在一座曾经的皇家园林里工作，多年后重逢，我们谈的话题，还是关于写字。姨夫早就不在了，想起来我还是一个中学生时，他就鼓励我投身鲁迅研究，我就会笑起来。听说，小庄后来破败无比，最终沦为废墟。

有一年在京都，走过伏见线桥，忽见桥下大片的一年蓬，开在离铁轨不远的地方。那一刻，我就想起了小庄，莫非，这飞蓬真是随火车播撒的吗？

很快就有了答案。

今年国内出版了柳宗民的《杂草记》，其中就有姬女菀，这是一年蓬的日本名字。这位著名的园艺家称它的"美貌在杂草中也算得上是佼佼者"，他还提到姬女菀的姊妹姬昔蓬，又称"铁道草"，因为它的种子会跟随火车沿着铁道一路飘散，在整个日本野生开来。这么说，一年蓬也是这样从美洲飘到亚洲大陆的吧。

我的小园中，每年都会生出几丛一年蓬，细细的花瓣上挂着待日晒的朝露，楚楚动人。不消三两天，它们就高过膝盖，随风摇曳了。我时常会剪了绣球、月季插入花瓶，却从未剪过一年蓬，担心它花茎太细，花朵会渴死，岂不可惜。

年来诗词又热，我已经过了听电视学者解读名篇佳句的年龄，也懒得测试自己的记忆力，有时会在心里咀嚼的一些句子，可能是"他人骑大马，我独跨驴子"这样不够风雅的东西，个中滋味，不足为外人道。

白云青鸟，人闲桂落，欲传千里意，恰似一年蓬。而已。

当赵佶遇见文森特

整个冬天我都在凝视那棵杏树，它已经病了三年。

这棵树刚栽时，还只有碗口粗，六七年过去，如今已是壮汉，只是有些亚健康。

遥想当初，佳花一树，品茗清赏，不亦快哉。

宋人是知道杏花怎么欣赏的。"正艳杏烧林，缃桃绣野，芳景如屏"，柳永开了个好头。宋祁跟上来，"绿杨烟外晓寒轻，红杏枝头春意闹"，王静安评曰：著一"闹"字而境界全出。钱锺书则谓，"是想把事物的无声的姿态描摹成好像有声音，表示他们在视觉里仿佛获得了听觉的感受"，越说越复杂。我以为，这闹字，也即乱哄哄，是一种繁复之美。杏与梅异，不宜单看，它是繁花似锦，一枝压着一枝的，故宋徽宗赵佶词云："裁剪冰绡，轻叠数重，淡著胭脂匀注。"这几句，注家多以为刻画单朵的杏花，如唐圭璋云："写花片重叠，红白相间。"我猜测，作注的人，未必分得清杏花、桃花、李花。杏花单瓣，吾乡唤"单片子"，岂有轻叠数重之理。赵佶是个丹青圣手，即使身为臣虏，观察的本能也不会消失，当然知道如何铺排、渲染。

"花褪残红青杏小，燕子飞时，绿水人家绕。枝上柳绵吹又少，天涯何处无芳草。"宋代的词人个个是出色的物候学家，暮春植物的变化，就这么流畅地记录了下来。一个杏花，先赤后白，由开而谢，吸引了多少文人骚客，从小惆怅到亡国之痛。

谚云：桃养人，杏伤人，李子树下埋死人。说的是杏不能多食。农书上亦云：杏性热有毒，食之无益。小时候只是喜欢吃杏，哪管这些，吃完了还要找块石头，把核敲了，吃杏仁。如甜，就是真瓢杏；苦，剩下的就不砸了，随便一丢，第二年，杏树苗会长出来，如此一来，苦杏愈多。

水塔街种杏树的人家不多，老杨家是一个，他们家院墙外，是一个公共水龙头，星期日，爸爸们提水，妈妈们洗衣服，我们就琢磨他们家的杏。

有年夏天，我们照旧千方百计吃杏，却发生了意想不到的事情。杨家老两口被挂了牌子示众，罪名是教唆犯。其实也就是有些比我们大的孩子到他们家听唱片。那些黑胶唱片敲碎了，依稀可辨上面的字。多年以后，我才知道门德尔松如此动听。

麦熟一晌，杏熟一时。杏熟了就要吃，不像苹果、柿子可以放一阵子。我家是杏熟鸟先知，专拣好的吃，此亦小恼。上海的杏花每年三月中旬就开了，但不是所有的花都会结果，也不是所有的青杏都有变黄的命运。从前街上有卖青杏的，用极小的瓷碗盛，碗上印着蓝色花，一碗几分钱，放学路上买一份，就是我们最好的零食了。一起卖的还有山里红、灯笼果。我很晚才知道，灯笼果是醋栗，契诃夫写过的。

青杏被摘下来，倒不是为了应市，而是果子多了，需要疏理。剪枝也是一个重要工作。有一年元旦放假，早上起来，感觉天气不错，于是打算修剪杏树。这棵杏树长得好快，年前温度骤降，才落光了叶子。一夏天，没怎么管它，想想树也挺可怜的。拿了梯子、工具，剪锯一番，无奈许多枝条太高，梯长莫及。工作快结束时，一根枝落在了脸上，擦破了皮，幸无大碍。

樱桃好吃树难栽。我一直困惑，为啥不说杏难栽？三年前，杏树病了，叶子一团团变黄，卷了起来，于是剪病叶、喷药，但颗粒无收。古人云，多种杏李，可度凶年。幸亏清平盛世，超市里有买不光的食物，食品公司还在去产能。如果想换个口味，北京是常年有杏脯卖的，但加了太多的糖，杏梅不辨了。新疆倒是有一种小白杏，甜且香，惜保存期短，外面的人很难尝到。赵佶的时代，如果他想吃当然不成问题，一骑红尘便可大快朵颐，当然，这是汴京为金军所破之前夜。此后，他大约只能作一阕"北行见杏花"了。

中国画里面，画杏花不多，杏花春雨江南之类的画，也就是一团团的粉。齐白石倒是画过一些，作画亦常署"杏子坞老民"，盖其生于湖南湘潭杏子坞星斗塘，据说春天时杏花绵延数里，"星塘一带杏花风"。白石北漂，斯情斯景念念不忘。画杏花，多半是寄托一种乡愁吧。

文森特·凡·高有一幅杏树，我在阿姆斯特丹见过，那些枝干太漂亮了，甚至比花朵还吸引我。1890 年 2 月，凡·高得知弟弟提奥生下儿子，兴奋异常，遂作此幅。他在给母亲的信中写道："我已经开始画一幅画了，可以挂在婴儿的卧室里：大幅的白色杏花盛放在蓝天下。"两个月后，他又写信给弟弟："作画时我感到很平静，下笔也没有丝毫的犹疑。"他是一个病人，可是你从杏花上看到的却是生命、憧憬。阳光充沛的法国南部，杏花是最早开放的植物之一，疾病困扰着 37 岁的艺术家，他画画停停，"现在树上的杏花已经快掉完了，我真是不走运啊"。三个月后，他在麦田里对自己开了一枪。

宋人的审美，现在常常被谈到，近读日本学者吉川幸次郎之《宋诗概说》，有一节论及宋诗与日常生活，谓宋人对极不特殊的日常事物也产生了莫大的兴趣，对日常生活注意观察，积极地用作作诗的材料。这是很精辟的论述，也许正因为如此，今天的我们，才感觉与他们更近一些，唐人倒有些高不可攀了。

《宴山亭》词中，赵佶的杏花美则美矣，但是——"易得凋零，更多少、无情风雨。愁苦。问院落凄凉，几番春暮"。无论如何，他这个"天下一人"，是不应该这样向人敞开心扉的，况且是如此感伤的情绪。看来，我们是理解不了宋人的禁忌了，否则，即使是帝王自己控制不住吐槽，总会有人控制其传播、流布吧。

据记载，赵佶曾自缢，为人阻，忧郁地度过了生命中的最后几年。他没有画杏花，他的词却为几百年后另一位画家的作品做了注脚，天遥地远，万水千山，仿佛穿越了八百个春天的一个声音：嗨，朋友，我们好像很熟啊。

漫说丁香

外国诗里，写到丁香花的，我记得两首，都与死亡有关。一首是惠特曼的《当紫丁香最近在庭院中开放的时候》，楚图南译；一首是艾略特的《荒原》，"四月最残忍，从死了的／土地滋生丁香，混杂着／回忆和欲望，让春雨／挑动着呆钝的根"，这是查良铮的译文，最得我心。

我不了解丁香花在西方文化的语境中有何隐喻，但它在中国文学中代表的却是哀怨。这个习惯性的世纪病，流行于晚唐，李义山、李璟他们干的好事，弄得到了民国，还有戴望舒的《雨巷》，来终结丁香情结。但这篇新诗不过是"青鸟不传云外信，丁香空结雨中愁"的稀释版罢了。

丁香生北方，是庭院、街道上的主要绿植。北方的孩子，是看着丁香花长大的，或者说，是在丁香一年年花开花谢的轮回中长大的。学画的孩子，一画到静物，老师便走到画室外面，轻易折一大捧紫丁香进来，找个陶罐子往里面一插，学生的画板上便浮现出一簇紫云，画室里静静的，只有淡淡的有些药味的芬芳。

因为这样的开始，北方的画家，很少没画过丁香花的。俄罗斯也是，他们来中国卖画的，这题材总是不绝。

余生北地，当然也不例外。甚至很多年都偏爱紫色。20世纪80年代初，诗人邹荻帆出版诗集《布谷鸟与紫丁香》，我买了一本。我对他的诗，并无偏好，但封面却颇得我心。封面是黄永玉画的，紫丁香呈穗状，那紫色层次丰富极了，又以白色点染，背景是暗得发黑的叶子。黄苗子题签，清逸干净，堪称绝配。

丁香花清明后开，时常有风雨，但它却格外顽强。其花四瓣，《花镜》上说："细小似雀舌"，偶有五瓣者。不知道何年何月起，开始流传"五瓣丁香"的故事，找到它就能找到幸福云云。有人还写了一部小说，风行一时。我们几个同学，雨天翘课，去隔壁机关大院里找，细雨繁花，最后发现五瓣者居然不少。那时候年纪还小，何谓幸福？起哄而已。不过，那个雨天的味道，那个苏联风的房子，30年了，还是存在记忆里。

丁香花的品种很多，常见者为欧洲丁香、紫丁香、白丁香，此外还有波斯丁香、暴马丁香。暴马丁香开白花，可入药。小时候父亲有一个暴马丁香木的茶叶罐，机器刨的，外面漆过，闻着有木香，只是里面放了茉莉花茶后，味道也含混了。白丁香不常见，但十年前，在华师大丽娃河边上发现了一株，生得瘦弱，大约是北木南移，水土不服吧。有一本园艺书上说，上海病虫害多，丁香生长较弱，似有理。

上海有个著名的丁香花园，但内中却无丁香，廿载前余流徙淞滨，借居园外，有天早上见到演员白杨，坐在轮椅上，后来知道，她就住在华山路。后来又知道，丁香也是一个女人的名字。

以丁香为市花的城市很多，哈尔滨、西宁的丁香花我都见到过。它们青睐丁香，多半与冰冻期长有关。在冰雪覆盖大地，漫长的冬季过后，一丛一丛紫丁香的盛开，预示着复苏与开始，那种珍视春色的心情，处于热带的人们是比较不容易想象的。

北京的丁香也很多，晚清文人多有题咏。甚至有一出"丁香花案"，主角是龚自珍与贝勒奕绘的侧室西林太清春。其证据为定庵《己亥杂诗》之二百零九首："空山徙倚倦游身，梦见城西阆苑春。一骑传笺朱邸晚，临风递与缟衣人。"作者自注"忆宣武门内太平湖之丁香花一首"。他们认识的时候，西林太清春是个贵妇加文青，龚定庵则是个不怎么走运的七品官，自从曾朴《孽海花》与冒辟疆的小册子八卦两人暗通款曲之后，这事仿佛有了铁证。

龚定庵素喜丁香，"难忘细雨红泥寺，湿透春裘倚此花"。而西林太清春亦常为赠花予人之雅事，悠悠岁月，真相与丁香花一样紫雾迷蒙，怕是永远的谜了吧。高阳有说部《丁香花》，述定庵事，持相互欣赏、未及于乱说，难得的小说家言，定庵再世，当再拜矣。

《荒原》之中译本，有七八种之多，好事者加以比较，已经成为一个专门的学问。那开头，汤永宽译为：

    四月是最残忍的月份，从死去的土地里／培育出丁香，把记忆和欲望/混合在一起，用春雨/搅动迟钝的根蒂。

丁香花清香袭人，叶子却是苦涩的。高阳的小说还原了龚定庵作诗的情境，春雨、丁香、欲望，搅和在一起，苦艾酒般，无奈的回忆，纠结的人生，这译文，倒颇有龚诗的神韵呢。

梨子的滋味

　　20世纪80年代的第一个夏天，因为父亲的工作变化，我们家从城里搬到郊区，说是郊区，是因为距离城市中心有些远，并且，在一幢幢楼房蹿起来前，这里是一片丘陵地。

　　削峰填谷之后，楼依地势，高低错落，更深的地方，筑坝为湖，堤上杂树参差，绿意盎然。

　　翌年春，我发现了大片梨花！

　　我那时正好着苏东坡，"惆怅东栏一株雪，人生看得几清明"，颇合不识愁滋味的少年的胃口，梨花树下，谈诗论文，如果当时口袋里有几文钱，怕是要把酒临风，也说不定。

　　其实，我看过更好的梨花。外祖母住的地方产梨，附近有个乡名字就叫梨花峪。许多人家院子里头都有一棵梨树，外祖母家有两棵。前院一棵，高高的，树干粗且直，后院一棵，矮又粗，树干蛀空了一半，秋天，几捆秫秸戳在上面，是捉迷藏的好地方。

这两棵树都几十岁了，每年繁花满枝，硕果累累，吃也吃不完。院子里落下果子，生的，放在衣服箱子里，过几天拿出来，满室果香；熟的，外祖母把它放碗里蒸了给我们小孩子吃，九月的早上醒来，用勺子挖梨肉，味道好极了。这种梨叫南果梨，他处罕见，辽南多有。形圆，大如鸡卵，其熟者金黄，向阳一侧微红，有奇香。据云其母树在千山之龙泉禅寺，我小时候去过那里，印象中并未见过这么一棵梨树。

南果梨皮薄肉嫩，不易贮藏，摘下来不多久就吃完了。在北方，我们就吃冻梨。冻梨之做法，以尖把梨置冷库中，淋水速冻。梨子遇冷，皮变黑。吃的时候，放一盆水，梨子上慢慢析出冰碴来，在吃过全国人民想象中的猪肉炖粉条、小鸡炖蘑菇之荤腥后，冻梨端上来，这辰光，上好的冰淇淋是什么味道？大约便是如此。

昔年社会封闭，物品流通受限，一个地方的人很难领略到他乡的风物。就梨这个东西而言，我记得只吃过山东的莱阳梨、河北的鸭梨，而闻名天下的库尔勒香梨、砀山梨，则从未得食。至于梨脯、梨干、梨罐头倒是不少，只是那味道总不及鲜果。

湖堤上的梨子悄然熟了，又硬又涩，无人采摘，它自己似乎并不在意，来年仍演示一遍花开花谢的戏码。树的世界我们不懂。但这时候，外祖母把房子处理掉，去城里和舅舅住了，我的童年和少年时代，梨的滋味，都成了往事。听说后来的人家砍了那棵直的老树，做了碾子，用来轧高粱。是时余方知梨木之坚，想到那么香甜的汁水竟来自如此坚硬的躯干，有一种莫名的感动。

"梨花院落溶溶月"也好，"雨打梨花深闭门"也好，我庆幸自己有那样的经历，我读过太多关于梨花的诗，因为翻开一部中国诗史，简直是遍地梨花。古人斥乱刻书为灾梨祸枣，出于对梨树的尊重，我们还是少抄、少写为妙。

桃花一树春沉沉

某年春天被朋友拉到苏州吃饭，下车天已黑，吃饭的地方是个老房子，席间有人说起，此地便是从前很有名的桃花坞。我于是想起曾有一个画家，从附近的一幢楼坠下，媒体称此君患有忧郁症，并留下了遗书云云。看大家吃得正高兴，没说。脑子里却一直在循环播放唐寅在此地作的桃花诗："桃花仙人种桃树，又摘桃花卖酒钱。但愿老死花酒间，不愿鞠躬车马前。"这诗看似豪爽，其实是非常的颓唐，有那么一股子破罐子破摔的劲儿。

作为画家的唐寅有没有画过桃花，不知道，我有一个远房表兄张甲山倒是喜欢画。不过不是画在纸上，是画在玻璃上。用现在的话说，他是个民间艺人。我不记得他还有什么别的差事，他每天在屋子里，不是画画，就是翻画册。说是画册，其实叫粘贴簿更准确，里面都是他搜集的杂志封面、报刊插图，还有不少画片，有些还是他父亲从苏联留学时带回来的。他在玻璃上用油彩画桃花，然后再刷上蓝色的底，附近人家的墙、衣柜，是他作品的展厅。桃花之为普通人所喜欢，于此可见。

但文人的眼光却不同，在创造了"人面桃花"这样的新词之后，制造新的惊人之语的竞赛从未停歇。李义山之《嘲桃》便是一例："无赖夭桃面，平明露井东。春风为开了，却拟笑春风。"我是从《唐诗别裁集》里面看到的，沈德潜批曰："似为负恩人写照。"那一年我 15 岁，很难理解这样的解读，只是觉得诗太顺口，过目不忘。

外祖母家有一棵小桃树，果实很小，但极甜。皮绿绿的，桃心红红的，裹着小小的核。只是每次摘时，要格外小心，桃毛弄到手臂上，会不舒服好一阵子。记得有一年，她请了一位知青来帮忙嫁接，结果如何，40 多年过去，我只记得知青手里那柄锋利的小刀。

有一种碧桃，为桃的变种，花甚美而肉极薄，不能食，多植于街道两侧。吾友李可，是吾乡少有的饱学之士，能诗。有一年，他在杂志上发表了一首，开首为："一夜春风，吹开树树碧桃花。晨光映古塔，古塔披彩霞。"诗印在杂志的封二，配着彩色的照片，让我等文学青年好生钦佩、羡慕。

碧桃花似乎真是被吹开的。那年我在一家文化馆打工赚钱，清明前夜值班，北方的大春风吹得门窗噼啪作响，整夜不能入眠。清晨开窗，一条街上，昨天还是花苞的碧桃树齐齐地开了。此北方之春景，近三十载未见矣。

碧桃不能吃，但桃核却是好东西。夏天，母亲每天晨练，见邻居拾桃核，问了方知，用来装枕头。于是她也加入到行列中，居然大有收获。回到家里，将桃核大小分开，做成几个小枕头，据说可治颈椎病。我也拿了一个回来，但到底睡惯了软枕头，还是不习惯。我的一个亲戚，用了之后，再也离不开，甚至出差也要带着，一袋子碧桃核随他浪迹大江南北，也不知可曾梦见桃花。

唐人高蟾有首诗，是写给一个官的："天上碧桃和露种，日边红杏倚云栽。芙蓉生在秋江上，不向东风怨未开。"那意思大约是，植物各有各命，人亦如此。诗人当时落第，人生充满了不确定，却还有这样的心境，于古代，也算是少有的胸怀。曾见诗人毛泽东抄录这首诗的手迹，看来，他还是喜欢的吧。我也曾将这诗抄了送人，后来寻思，似乎有些劝人想开点的用意。其实不然，诗无达诂，各人按个人的体会来理解吧。

鲁迅先生有一首诗，题目叫《桃花》，收入《集外集》，诗不长，抄在这里：

春雨过了，太阳又很好，随便走到园中。

桃花开在园西，李花开在园东。

我说，"好极了！桃花红，李花白。"

（没说，桃花不及李花白。）

桃花可是生了气，满面涨作"杨妃红"。

好小子！真了得！竟能气红了面孔。

我的话可并没得罪你，你怎的便涨红了面孔？

唉！花有花道理。我不懂。

这是初期白话诗，但并不能以幼稚来评说，桃李常常并称，未必有高下，可是这诗里的桃花却不乐意。"花有花道理"，我以为，如果有谁编一本《桃花诗选》，这一首，一定不会漏掉。

荷包牡丹与自行车

郑伟家有一株牡丹，下面埋了一条胳膊。

这是老白家铁蛋告诉我的。铁蛋和郑伟比我小一年级，虽然住一个大院，平时我也不怎么和他们玩。为看这牡丹，就去了郑伟家一趟。

牡丹栽在朝南的窗下，不大的一丛，和我们在烟盒子上见到的牡丹比，叶子是一样的，花朵完全不同。不是大朵大花瓣，而是一串一串的，挂着一颗颗心形的粉色花。这样的花，在水塔街还是头一次见，加上一条胳膊的原因，带着股妖气。

花从何来？郑伟说人家送给他爸的。他爸在站前一个国营自行车修理部上班，那会儿自行车于公于私都是重要的固定资产，尤其骑公车的，都是机关单位有身份的人，坏了个零件，几毛钱，开了收据报销。他爸顺便帮人家链子上加点油，打个气，做个两轮定位啥的，日久天长，主顾们都成了朋友。我们院子里，朋友圈最广的，除了派出所所长李永林，就数他了。那些朋友，经常会送他电影票、土特产什么的，送个花，小意思。

植物传播的因素有很多，我们小时候，没有那么多好看的花。串红、茉莉、江西腊、茇茇草、死不了，也就这些。那时也没有花市，只有菜市。我父亲爱花，也曾有同事送给他栀子、六月雪，奇花异卉一样供着，可惜他没看到今天外来植物，比如多肉，泛滥的局面。

"胳膊牡丹"一年开一次，花期很久。郑家香椿树发芽的时候，我们爬上爬下，从上面往下看，它开着，等香椿芽成了香椿叶，我们不高兴爬树时，它还开着。

冬天的时候，这花的叶子和梗全瘫了地上，郑叔叔拿个草袋子丢在上面，填些土，雪呀冰呀很快就冻上面了。我每次都绕开走，也始终不敢问那条胳膊的事情，直到我们离开了水塔街，童年和许多东西一道结束了。

下面我要抄书了，因为过了 20 多年，我弄清楚了一个秘密。

荷包牡丹：又称璎珞牡丹、兔儿牡丹，罂粟科，荷包牡丹属。多年生草本，株高 30 到 60 厘米，叶对生，三回羽状复叶，有长柄。叶片倒卵状楔形，总状花序顶生呈拱形，花鲜红色，蒴果细而长，花期五月。

可是，"胳膊牡丹"又是怎么回事？问题出在东北话上，东北话轻声多，咬字不清，"胳"字被读阳平时，"胳膊"听起来跟"荷包"很像。三人成虎，此为一个生动的案例。

至于种一棵荷包牡丹，是几年前的事情了。花不便宜，卖花人和我说，它怕涝，雨季休眠的时候，将花盆放倒，不去管就好，当然你如果种地上就简单了。

我不想种地上，因为其植株过矮，蹲着看花，太难过了。而且这会令我想起土包下面的那条胳膊。

在上海，荷包牡丹四月就开了，一个个花确如荷包，然此花与芍药科牡丹属之牡丹并无关系，日本人称藤牡丹，英文名直译为滴血之心，若由我命名的话，可能是多心牡丹，或者串心花，当然说说而已。不过，荷包二字倒很民族又怀旧，只是与我们的生活太远了。20世纪90年代，台岛歌手郑智化有首歌《中产阶级》，我们那时候哪里知道这是个什么阶级，但记得这样几句："没有人在乎我这些烦恼，每个人只在乎他的荷包。"

经济、交通、气候、审美都是植物流动的因素，在哈尔滨，随处可见一丛丛的紫丁香，可在江南，却极少见。80年代在东北，我忽然发现街道上多了大片的波斯菊，惊讶得很，今天，我们可以看到的花不可计数，它们已经不是乘着一辆自行车而来，而是通过各种合法的甚至不那么合法的途径。

荷包牡丹是宿根的，花期结束，茎叶渐黄，花盆很快便空了下来。我忘了把它放倒，结果就永远失去了这一株花。

去年姐姐在上海，我们说起"胳膊牡丹"的往事，她笑得不行，说你竟然全都记得。我说，讲普通话是多么重要啊！

关于薤

夜读《杜工部集》，见《秋日阮隐居致薤三十束》：

> 隐者柴门内，畦蔬绕舍秋。盈筐承露薤，不待致书求。束比青刍色，圆齐玉箸头。衰年关鬲冷，味煖复无忧。

诗很好懂，纯记事，仿佛一封信，然"薤"为何物？值得一说。

《清稗类钞》上说"薤"："为状似韭而中空，夏开细花，色紫，鳞茎如小蒜。"这个描述尚称完备，但《本草纲目》却更胜一筹："根如小蒜，一本数颗，相依而生。"薤的别名不少，比较通俗又生动的是小根蒜，它生得确似独头的大蒜，只是比大蒜小。南方的藠头是它的近亲，但个头却大了数倍。

中国人吃这个东西的历史不可谓不久，我有一本农业出版社 1960 年印的《公元前我国食用蔬菜的种类探讨》，据它说，汉代便有薤的栽培，关于食用，亦极为重视。《礼记》云："脂用葱，膏用薤"，又说"切葱若薤，实诸醯以柔之"，意思是可将其掺在肉内，以去其腥。讲究到这个份上，足见其在古人饮食生活中的地位。这本书当年印了 3100 本，似乎未见重印。作者说此书是在石声汉先生指导下完成的，长夜无事，便翻出石氏的《农桑辑要校注》，果然其中有相关条目，益知《齐民要术》《四民月令》等古农书中，对薤的种植、施肥、种子采收等均有经验总结，这在我是未料到的，多少年来，我始终以为它是野生的。

余少时，过清明，晨巷中往往有卖山野菜者，这是薤最新鲜的时刻，吾乡唤其"大脑蹦儿"，如微缩版的脑袋瓜上拖着一条长长的辫子。大脑蹦儿是论碗卖的，记得也就几分钱。洗干净，蘸酱吃，其味如葱，爽口极了。亦可煎蛋，不过鸡蛋是稀罕的东西，哪里能够想吃便有。

离乡多年，大脑蹦儿久违，偶见韩国食品超市有此风味，是拌了辣椒汁的，亟购一尝，却觉其味变，不如初矣。

今之人识"薤"字者不多，然古时，却是一个熟字。古乐府有挽歌《薤露》，歌咏的是人命如薤上之露，"易晞灭也"。建安曹氏父子均作《薤露行》，以旧调伤时世、诉衷情。一滴薤叶上露珠的坠落，撩起多少愁肠，也说明了这种植物那时种植之广。从杜诗可知，至少唐朝时，人家还在种植。

犹记当年，冰消雪融，学校会组织学农。此时，在地下越冬的大脑蹦儿也日生夜长，光照充足处生得最旺。太子河边，时见生满杂草的坟茔，不知何故，这里的大脑蹦儿又密又好。挖出来，用手绢包了，算作踏青的收获。

薤可为药，本草上罗列了不少，《南京民间药草》一书有"野薤"条，谓可疗各种疮疖。有趣的是，还说它"味辛辣，具强烈大蒜臭"。这种厌恶式的描述，略可证薤在北方更受欢迎。

关于薤，亦不乏夸张的记载。唐人《食疗本草》上说："学道人长服之，可通神灵，甚安魂魄，益气，续筋力。"是否具有这样的魔力，天晓得。不过我在日本柳宗民的《杂草记》中看到，北海道有一种与野薤同属的"阿伊努葱"，味道强烈，食易上瘾，据说苦行僧靠其补充体力。倒是可与之相补充。

植物与人类的关系便这般若即若离了几千年，或许，今天最熟悉的，终有一天会变得陌生。

还见杜鹃花

我总感觉，象征主义是一个喜欢植物的流派。波德莱尔《花一般的罪恶》自不必说，梅特林克《花的智慧》，简直是一篇关于植物的纲领性文献了。

《花的智慧》中有一句："文艺复兴之前的欧洲花园，一片凄凉与荒芜。"谓予不信？曾阅美国学者范发迪的《清代在华的英国博物学家：科学、帝国与文化遭遇》一书，里面的许多材料可间接地证实这一点。早在18世纪末，来华的传教士就把数不清的植物种子收入囊中，中国大量的奇花异卉也令博物学家们惊叹不已，千山万水，春露秋霜，据说，从海路运到英国的植物，常常是一千株只有一株活下来，想一想这是何等悲壮的旅程。

这些植物猎人热切搜寻的，包括了牡丹、杜鹃花、菊花等等。对西方园艺界而言，它们带有奇异之美，但他们对中国人在这些植物上面所附丽的、层层叠叠的我们称为文化的东西，应该是一无所知或知之甚少吧。

四月是杜鹃花的赛季，上海的街边，随处可见一丛丛粉色，虽然此时园林中正百般红紫，但都难敌它的那股蓬蓬勃勃的劲儿。

毛鹃在杜鹃花家族里面，是顶普通的一种，我养了几盆，都是做园林的师傅刨掉丢弃的，壅以好土，肥水伺候，居然年年有花。花不负人，讲道理，于此可见。

杜鹃花家族庞大极了，分类复杂，诸如春鹃、夏鹃、西鹃、皋月、高山杜鹃，那些更具体的名字，残雪、粉烛、爱丁堡，可能上千种吧，我永远都对不上。或曰：反正就是杜鹃花，何必要劳神弄明白。没错，吃鸡蛋只需知道是草鸡蛋，还是洋鸡蛋就行，完全不必知道是来杭鸡还是罗曼褐鸡。但我们吃牛肉，常常还是要关心是澳洲的牛还是日本的牛。园丁是个神圣的职业，对于植物种类，烦琐主义还是有必要的，多多益善。

在相当长的时间里，电影是传播植物学常识的一个途径，我说的不是那种灌输式的科教片，而是植物作为一种象征在其中出现的电影。比如映山红，当年《闪闪的红星》热映时，许多人便认识了这种花。映山红是兴安杜鹃的另一种称呼，其得名或与大兴安岭有关，东北山区常常是漫山遍野，不过，这么高调的绽放却也有遗憾，很难闻得到它的香味。从前，春天里，即便在城市中，也常常会看到人家的窗台上插着一捧映山红，这多半是在山区有亲戚的，进城携来，或者公干下乡，随手采撷。虽说是粗茶淡饭的平常日子，但有情可寄，有花可看，便也不觉得岁月难捱了。

映山红在朝鲜半岛有另外一个名字：金达莱。在《闪闪的红星》问世前两年，朝鲜电影《卖花姑娘》进入中国，东北的观众会发现，片中姐姐花妮抱着的篮子里的金达莱，正是他们的映山红。耐寒是兴安杜鹃与其他杜鹃不同的一个特征，冬天，它的叶子完全落尽，春天则先花后叶，花色粉中带紫，透着一丝傲气。的确，所有在贫瘠土壤上开出的花朵，都有理由骄傲。

杜鹃花在中国文化中的符号意义虽不如梅兰竹菊，但可搜罗的材料亦足称洋洋大观，若说"四君子"更多以喻人品，杜鹃则多见于情绪的渲染与烘托，而它与鸟类的交织纠葛，则是少见的博物学绝佳话题。

"本是山头物，今为砌下芳。"白居易的诗可证杜鹃花进入园林的时间去唐代不远，掐指一算，中国人之赏玩杜鹃花，至少比欧洲人早了七八个世纪。不过，同时代喜欢它的，还有日本人，遣唐使将中国的映山红等品种带回国，育出若干新种。今天的日本杜鹃，人称东鹃。

偶然得到几页散乱的画稿，是来自日本的杜鹃花写生。画在很普通的纸上，每页的杜鹃各不相同，每一种都描画了花、叶，甚至花苞，毫发毕现，颇似中国花鸟画的课徒稿，又像植物学者的写生。其中，有的还标记了花的品种：人丸、深山的雪、千代之春。有一页上并留有日期，为1926年6月1日。九十余载光阴流逝，纸张微微泛黄，其出自何人之手，全然无法猜测，不过，它们最终留存于一个爱花人的囊箧中，在画家，也该欣慰了吧。

"深山的雪""千代之春"这些好听的名字，未谙杜鹃家族的人不会明白，它们属于一个日本特有的杜鹃品种——皋月。皋月的叶子碎小，花色多极了，甚至每一株的颜色都有差异。寒斋藏有一部小川由太郎著《皋月盆栽大观》，是日本诚文堂新光社 1974 年印制的，画册里收录了数十种盆栽作品的彩色图片，有博多白、难波锦、云月、小天等，其中一株"杨贵妃"，高过半米，树龄 300 年，最为佳本，大有"老树春深更著花"的意味，虽是看图，也能感到其精妙绝伦，以及创作者的匠心了。

吾国周瘦鹃先生为苏州盆栽大家，据云其曾以重价购得百年杜鹃盆栽一本，苍古不凡，抗战中离家，杜鹃根须为蚁所害，死掉了，这是件多么难过的事情，然国破家亡，一株杜鹃花又算得了什么。他后来又获一本清代杜鹃，得意极了。孰料，不过 20 年，他的"紫兰小筑"又被另一场风暴席卷，蕙兰尽毁，杜鹃啼血，这位伟大园丁的弃世，实为美的凋谢。

"蜀国曾闻子规鸟，宣城还见杜鹃花。一叫一回肠一断，三春三月忆三巴。"与杜鹃花有关的诗，我顶欢喜的是太白的这首《宣城见杜鹃花》，它太浅显，28 个字里面，还有两个字各出现了三次，它的内涵可以用三个字概括：想家了。

这个漂泊在外的中年人，独坐在一片杜鹃花前，故乡已成为凄楚的鸟鸣。

前面说到的美国学者范发迪的书，时隔数年，又出新版，但书名改为《知识帝国：清代在华的英国博物学家》，旧习难改，又买了一回，重新读过，其中多处见到杜鹃花的名字，不由得对这个司空见惯的花肃然起敬了。于是，星期日又去花市搬回数盆西洋杜鹃，悉心供养。浪游了两百年后，这些美丽的花朵，又回到祖先的土地，这是植物世界的循环，又何尝不是文化的演进、历史的回声？

吹散一春愁

今年上海的桂花，居然有春节前开的，我见的几株是生在阴影里，料阳光吝啬，使为迟桂，但竟然迟了这么多时候。腊梅开得早，海棠、迎春也开了几朵，白头翁只是偶尔露面，冬珊瑚的果子剩下许多。雨水少，紫罗兰也好过去年。三角梅、藤三七、碰碰香这些个温室里的宠儿则感叹着：这不过是春天啊。

春天年年来到人间，这些冷暖，过了便忘记，人便是这样一种生物，但植物不同。

"草树知春不久归，百般红紫斗芳菲。杨花榆荚无才思，惟解漫天作雪飞。"鸢尾、朱顶红、玉簪、矾根、酢浆草、蜀葵，这些花儿们，它们似乎商量好了登场的次序，春天的舞台不需要导演，即便性急的，也不会推推搡搡，每年一次的春之交响，乱了，就不好看了。

安吉拉最盛时，蔷薇却开始凋谢。种在盆里的铁线莲一点也不娇气，年年如期归来。最不需要照看的是院子外面的那株苦楝，也是这时节开花，只是生得高，花又细碎，直到开败，很少有人抬起头来看它一眼。

"细数落花因坐久，缓寻芳草得归迟。"此种舒闲容与之态，今天的人已经很难体会了。日本一位学者青山宏却敏感地发现，从中唐起，落花和伤春、惜春，甚至悲哀之情的结合突然增加，至晚唐发展为诗歌中的普遍情感之一，宋词依循了这个过程，愈加悲凉。青山宏在题为《中国诗歌中的落花与伤惜春的关系》的论文中并未明确回答这一现象背后的原因，我以为其中固然有世事无常与朝代衰颓的影响，但中国诗人情绪的转变，也是人对生命、对自身认识的演进。伤春虽为农业社会的时尚，却有深意寄托焉。

以我的阅读，这一类的诗歌，唐人作，但宋人更多，盖以唐之盛，全是开心的事，来不及忧伤，故唐人的情绪，远不及宋人细腻。

台北故宫博物院藏着苏轼的《寒食帖》，东坡一生，好诗多矣，寒食诗算不得最妙，然不是所有的东坡诗文都有书迹，《寒食帖》称"天下第三行书"，从鉴赏的角度来说，便有趣起来。

其一：自我来黄州，已过三寒食。年年欲惜春，春去不容惜。今年又苦雨，两月秋萧瑟。卧闻海棠花，泥污燕支雪。暗中偷负去，夜半真有力。何殊病少年，病起头已白。

其二：春江欲入户，雨势来不已。小屋如渔舟，蒙蒙水云里。空庖煮寒菜，破灶烧湿苇。那知是寒食，但见乌衔纸。君门深九重，坟墓在万里。也拟哭途穷，死灰吹不起。

《寒食帖》17行，计129字，满腔萧瑟与孤苦，如连绵的阴雨，落在笔端，其寒彻骨，仿佛纸都是湿冷的。他的朋友黄庭坚在跋语中云"是诗似李太白"，我看更像白乐天。第一行书，王羲之《兰亭集序》，亦作于暮春，虽有对时光流逝之感慨，但还算达观；第二行书，颜鲁公《祭侄稿》，悲愤之语也。可见书法，绝非抄抄《千家诗》之类的便可传世。

东坡老夫子，见海棠花陷于泥淖之中，难过得很，但其实是个引子，他因乌台诗案被贬黄州，心情糟透了，能不惜春、伤春？

他爱海棠，在黄州，还留下"只恐夜深花睡去，故烧高烛照红妆"的名句。我种了四盆贴梗海棠、一株垂丝海棠，每年春天，它们开的时候，盆养的就搬到客厅和书房，白日和夜里都看得到，看来爱花人的心思是相通的。不过，文豪的深邃却是我等不能够领会的，何况红尘滚滚，古风不存，即便是提着流水的雨伞，行走在拥挤的地铁里，也不会有伤春的情绪吧。

"别来春半，触目愁肠断，砌下落梅如雪乱，拂了一身还满。"我第一次读李后主的这一阕词是十几岁，是朋友眈陆抄了给我的，他那时瘦瘦的，戴着黑框眼镜，愈发显瘦，他喜欢这样的东西，我不奇怪，但如此之春愁，当时的我，是不大能体会的。我更喜欢稼轩的《粉蝶儿》："昨日春如十三女儿学绣，一枝枝、不叫花瘦。甚无情、便下得、雨僝风僽？向园林、铺作地衣红绉。"这种哀而不伤的调子，似乎更对我的胃口，而且，还使我对所谓的"豪放"与"婉约"的分类产生怀疑，仿佛宋词除了革命、反革命，没有第三条道路似的。

四季都有花开花落，花有花的哲学。尼采说："在植物眼里，整个世界就是一株植物；在我们眼里，它是人。"《唐诗三百首》的第一首就告诉我们："草木有本心，何求美人折"，但人却不这么看。唐寅《落花》诗云："多少好花空落尽，不曾遇见赏花人"，仿佛有了人的欣赏，花才有价值。说到底，伤春也好、惜春也罢，是对时间的珍视以及对时间流逝徒唤奈何的挽歌，而落花是时间河流上微弱的印记，有些时候，它又是掠过时间缝隙的那匹白马。

有木名凌霄

　　读中学的时候，同学董钰家有一本《白居易诗选译》，陕西霍松林著。他见我喜欢，便送了我。白诗虽"老妪能解"，其实是相对而言，相隔千年，中学生读起来还是有困难，有了翻译，便好许多。

　　这本书大约是 20 世纪 50 年代末出版的，纸张粗而黄，但还结实，我从头至尾读了，还做了笔记。写凌霄的诗，便是这时读到的。

　　　　有木名凌霄，擢秀非孤标。

　　　　偶依一株树，遂抽百尺条。

　　　　托根附树身，开花寄树梢。

自谓得其势，无因有动摇。

一旦树摧倒，独立暂飘摇。

疾风从东起，吹折不终朝。

朝为拂云花，暮为委地樵。

寄言立身者，勿学柔弱苗。

北地极寒，难生凌霄，我读是诗，记住了一种花的名字，但却不知道它的模样。就如同读了"紫薇花对紫薇郎"，觉其妙，然紫薇何状？总不及"夹岸桃花蘸水开"那么亲切。毕竟，桃花常见。

借木喻人，是中国文学的一个传统，白诗令少年读者对凌霄有些看不上，本来少不更事，怎谙世事之艰？但对凌霄来说，运交华盖，形象的坍塌仍在持续。福建人舒婷作了一首《致橡树》，开口便说："我如果爱你——绝不学攀援的凌霄花，借你的高枝炫耀自己。"一时传遍国中。我相信，绝大部分读者，没见过这两样植物，但他们都认同女诗人的价值取向，我也在其中。

舒婷时称"朦胧诗人"，这哪里有什么朦胧，如果说白氏是讽刺政敌，她简直是对情敌下了战书。舒诗中多见植物，蔷薇、百合、槟榔、蒲公英、垂柳、紫云英、车前草、紫丁香、三角梅、映山红、桂花、芭蕉、龙眼、金光菊、女贞子、凤凰木、鸢尾、木棉、杜鹃，凡数十种，我当年识得的，尚不及半，因为那些植物多半生在热带。热带植物里面，标识较清楚的，如椰子树，当然认识。其他的，只看书上那些印制模糊的线描小图，印象还真难建立起来，凌霄即是。

许多年过去了。那年去西湖，在中国美院，蓦然见到一簇簇红色的花朵，自栅栏上泻下，骄阳中犹如瀑布一般，我猛地意识到，这便是凌霄。

如此美艳的花，也有不喜欢它的诗人，也没什么好大惊小怪的。反正后来我一下种了四株。

眼下还是冬季，凌霄的叶子完全落光了，枝条零乱，抽空剪了些枯枝下去，园丁知道，叶子就快长出来了，那时候便不忍大刀阔斧了。

这四株凌霄，两株大，两株小，小的是因为一棵香樟的树冠罩住了阳光，可见其喜阳的脾气。本来，是希望它们爬满木架，结果，它们似乎更喜欢垂直发展，缘墙而上。"偶依一株树，遂抽百尺条"，白老夫子说的还真是。

六月份，凌霄放，一夜之间，红英灼灼，凌空抖擞。所惜不持久，两三天便落，但并不容你丝毫的感伤，因为数十朵新花又次第开了，它就这样不知疲倦地开到霜降。李笠翁曰："藤花之可敬者，莫若凌霄，然望之如天际真人，卒急不能招致，是可敬亦可恨也。"如果让园丁给他的花儿们进行绩效考核，凌霄绝对是优秀甚至卓越。更重要的是，它为一个花园带来别样的氛围。去年端午，曾作一绝："一簇悠然是紫阳，凌霄借力上南墙。杨花不解春归去，犹自多情逐日长。"此全纪实也。

《花镜》上说凌霄，"花香劣，闻太久则伤脑，妇人闻之能堕胎，不可不慎。"对此，我深表怀疑，某次曾以之语小宝兄，打算将是书中诸如此类的"异端邪说"加以整理，渠大赞好玩。不过终于还是没有做。

凌霄种久了，你会不时在附近发现一些小株，甚至是从墙缝里出来，剪也剪不干净。凌霄花后，有极少的会结出如豆角般的荚，旋开裂，中有薄薄的翅种，我也懒得收，不知道随风去了何处。

今年春节刚刚过，就见到霍松林先生去世的消息，不由地翻出新版的《白居易诗选译》。白居易已经不会再作凌霄诗了，但朦胧诗人尚欠凌霄君一个道歉。舒婷诗曰："为一朵花死去是值得的。"

那就好。

城市的精灵

上海延安西路与南京西路交叉口，生着几株高大的泡桐，有四五层楼高，每年四月开花，一树淡紫，典雅轻盈，不逊桃杏。

如果你沿着一条马路走下去，会时不时碰到泡桐，往往是高且粗壮，但都很孤单，身边基本上没有同类，而且它所占据的位置，不是路沿，便是墙根，显然，它们不是某个园林体系的一部分，它们是孤儿，是独自顽强地生存下来的。

泡桐的种子有小小的翅膀，我以为，这些零星的泡桐，是风与鸟的杰作。它是速生的，生命如时光缝隙中的那匹白马，生长是最重要的事情。

一个城市的街道上种什么树，显然不是园林局长一个人定的，必是综合了此地之气候、养护之成本等，但文化因素也在其中若隐若现。日本白幡洋三郎所著《近代都市公园史》中讲了日本的情形，日本的"街路树"理论完全是欧化的，是19世纪末，有关人士观摩了维也纳世博会之后，在一份报告中提出的，随后影响了街树的规划与审美。当时有造园家认为，柳树垂下的枝叶会妨碍交通，樱花虽美，却易生病，害虫会侵扰行人，而枫树则难以布荫。这颇费周章的选择标准背后，隐含着"近代化"的象征与当时社会的欧洲情结。

上海的行道树，法国梧桐居多，泡桐虽然也沾了个桐字，命运却不一样。19世纪下半叶，这座城市开始有行道树的时候，泡桐曾经是其中之一，不过百年光景，便被清理门户。

大约十几年前，本地报纸上有过一则新闻，泡桐树在台风季表现不佳，多有倾折，将不再作为行道树使用。我见了这个消息，有很多困惑，翻了《城市园林绿化手册》《上海园林植物图说》《园林树木1000种》等，找到玄参科，大致弄清了毛泡桐、白花泡桐、楸叶泡桐的区别，但这些工具书无一例外地说泡桐是良好的行道树，却也指出它的劣势，怕水、不耐涝。显然，狂风骤雨暴露了它的软肋。从那时起，我倒是陆续在街头看到一些新的树种，有的直到今天，也搞不清名字。

北京每年都有的新闻是，杨花飞，市民怨。这景观，我是见到过的，有年春天，从机场出来，杨花如雪。吾乡街道两侧亦多植杨树，眼见它一年年粗壮，但此木中空不实，根系却发达，沥青路面都给拱了起来，最终退出了行人的视线。估计北京的杨花也不会再飞几年了吧。

泡桐却没有给城市添那么多麻烦。春天，一树小喇叭，甚是壮观。曾于雨夜，遇到一树桐花，街灯下，冷艳无双。古诗中桐花万里的情景动人心魄，但城市中永不可见了，这些孤独的精灵不知道下一个春天的事情。

城市是一个奇怪的朋友，它越来越快，却格外垂青生长缓慢的树，但来历不明的树，则十分危险。泡桐之外，构树的遭遇也令人同情。我曾在一年中看到几次几乎相同的电视新闻，某小区内，野树生在墙缝里，威胁房屋安全，物业经园林部门批准，将其锯断移除。我从前的邻居家院里，也有一棵构树，几年时间便浓荫密布，最后被连根除掉，人们对光的需求，超过了对绿色的渴望。

有用与否，常常是人类对植物价值判别的标尺，惠子就曾对庄子讲过一棵臭椿树的坏话。但做不了行道树的泡桐就百无一用？非也。十几年前，因为工作关系造访一家乐器厂，泡桐是这里的娇子，其木质疏松，一向多为柴薪，然制作音板，据说音质颇佳，价廉物美。此中翘楚，兰考泡桐也。不过比起焦尾琴用的那截梧桐，还是略逊一筹。但任何事物，需求总有不同的罢。

今日国中，琴童遍地，泡桐以另一种方式杀回城市，这次它们已经无心占据街衢，它们"登堂入室"，彩云追月，高山流水，如泣如诉，俘获了无数向往小康的心灵。

鸟的伊甸

伊甸园里都有些什么植物？我只知道苹果与无花果。一个是食之明耻，一个是羞耻心出现后，作为服装史的开端。

无花果的叶子大过手掌，遮羞不成问题，但它给我的惊奇不止于此。当初栽它在一个小盆里，孰料一朝落地，便日生夜长，枝叶婆娑，高过人头。不只长得快，炎炎夏日，满枝硕果，来不及享用。

小时候，能吃到的水果种类不多，苹果不稀罕，稀罕的是一种一毛钱一包的无花果丝，邮票"四方连"大小的袋子，上面印着大大的"无花果"三个字，酸酸的，回味则甜，这是对无花果的全部记忆。

《马太福音》云，当无花果树枝发嫩叶的时候，你们就知道夏天近了。知夏至者，不只园丁。七月里，无花果熟，枝叶间跳跃着一对不速之客。白头鹎为留鸟，说起来，这里亦是其领地，它们在此地安家已经数年，遍尝瓜果，生儿育女。

即便翻过《塞耳彭博物志》，我的鸟类知识仍少得可怜，不过，我发现白头鹎似乎对鲜艳的颜色格外敏感，专拣熟透的果子吃。早上，园丁发现前一天的青果已经悄然转红，但稍一懈怠，它便抢先一步，啄个稀烂。

白头鹎认定这棵无花果树是它的，我每天摘果子都要戴上斗笠，体会轰炸机掠过头皮的惊恐。好鸟枝头皆朋友，最后我们达成默契，树顶归它，树下归我。

在无花果的链条上，还有一样东西：天牛，而且居然就叫无花果天牛。此种天牛与通常所见之黑底白斑者不同，黄褐色，两条长长的辫子。果实它是不碰的，它看中的是青嫩的树皮。此虫啮食的速度极快，食量惊人，它相中了哪根枝条，便是哪根枝条的末日。法布尔《昆虫记》里面对天牛幼虫的生活做了科学精彩的描述，幼虫在树干中度过三年漫长孤独的囚禁生活，然后，某个初夏，"身披古怪羽饰、笨手笨脚的成虫便从黑暗中出来了"。在这篇长长的观察笔记的结尾，昆虫学家写道："它终于走出了黑暗，见到了光明，长长的触须激动得不停地颤抖着。"真是妙笔。

我一直以为，天牛钟爱无花果是因为喜甜，但法布尔说，天牛幼虫没有嗅觉，无非是营造巢穴时顺便吃些木屑罢了。

园子里的白头鹎、乌鸫、麻雀吃虫子，我都见过，但没见过它们吃天牛。既然无天敌，于是园丁挺身而出，如承蜩老叟，"用志不分，乃凝于神"，眼睛里只有那对触须，一会儿工夫就生擒数只，尽杀之，然猫亦不食。

早年读王尔德《莎乐美》，听到剧中约翰的声音：

当那天来临时，太阳会像是深黑的麻布丝，月亮会变成血红，而天上众星将像成熟的无花果掉落大地，地上的诸王将恐惧莫名。

常常想，怎么会有那么多的无花果。后来发现，这个比喻倒是来自生活，一棵无花果树，养得好，丰收不成问题，即使我这样的生手，亦不欺我。

繁星般的果实带来了储存的难题，于是，我又享受了内子秘制无花果酱的味道，不过制作果酱，需要大量的糖，似乎算不上健康的饮食。

　　无花果的名字，在植物中是少有的具有悬念味道的一个，作为拥有一棵无花果树的园丁，可以说的是，这是个误会，但要说得清，又太枯燥。世间之事，皆有因果，正如无源之水、无本之木是不存在的一样。

　　我吃新疆的无花果干，可以看到一粒粒种子，而我的无花果却不相同，大概是因为尚未熟透的缘故，所以白头鹎吃了那么多果子，其他地方却没有一棵长出来。却说如果想培植，扦插是个好办法，剪一段树枝，一插便活。

　　生命力旺盛的无花果树树大招风，几乎挡住了园路，园丁终于下了决心，锯了一半。这是去年秋天的事情，来年天暖，它倒是早早生了叶子，颇有从头再来的胸怀。树挪死，人挪活，老话也不好全信，两个迁移，都是人为，树有超强的适应水土的能力，换了人，能否混得下去，倒真不好说。

　　今年且过一个没有无花果的夏天，却偶然发现，昔日爱吃的无花果小食又成网红，然而已改名为无花果味丝，原来那些年吃的竟是萝卜丝，可是那个味道已经无可挽回地留在味蕾之上、记忆之中，为若干年后种一棵无花果树埋下伏笔。

　　天牛仍在挖洞，木屑暴露了踪迹。这个夏天，白头鹎一家要以番茄为主食了，然而它们翱翔、俯冲依旧。也是，哪里丰衣足食，哪里就是天堂。

赖有芭蕉

自从种芭蕉，一到台风季，我就睡不好觉，因为每次风过，它最受伤。

芭蕉是树还是草？它叶大茎高，可及三层楼，却并不能做什么，而且生命也不过三四年。但它的叶子，青翠可人，兼可布荫，鲜有可匹。

绿窗一词，文人偏爱之，那绿色多半来自芭蕉叶的映照，中国人早就明白空间的美学，光有窗户还不够，还要借景生境，邀自然入室，这样便时时可以人然合一。文震亨《长物志》云："绿窗分映，但取短者为佳，盖高则叶为风所碎耳。"他说得对，但如何控制芭蕉生长，我没试过，反正它们一年比一年高上去。

我家的芭蕉，种在一条青砖甬路边上，傍着一棵无花果树，路的另一侧种了一片大叶吴风草。整个夏天，有鸟来仪，啄过无花果后，在芭蕉叶上梳理羽毛，打情骂俏，好不惬意。韩退之的"芭蕉叶大栀子肥"，我一直把它当作造园指南看，按说芭蕉下当植栀子花，立一二奇石，但那样的阔气，也只能想想。

园林中，芭蕉宜植粉墙前，月夜清影，自是一番格调。从前苏州拙政园中有"芭蕉槛"，文徵明诗曰："新蕉十尺强，得雨净如沐。不嫌粉堵高，雅称朱栏曲。秋声入枕凉，晓色分窗绿。莫教轻剪取，留待阴连屋。"诗说不上好，但描述是准确的，亦有色彩感与情境，是作画者的诗。不过我几次探访都未见到这个芭蕉槛，或许几度兴废，已经不存在了吧。

芭蕉给了文人无尽的乐趣，《幽梦影》里有："种蕉可以邀雨，植柳可以邀蝉"，宋人贺方回诗："隔窗赖有芭蕉叶，未负潇湘夜雨声"，说的都是其承雨有声的韵致。古人听不到我们今天这么多动静，那听觉系统一定灵敏得很，现代人淹没在各种声浪中，焉有心思体会，空剩一曲《雨打芭蕉》

的民乐了。

芭蕉的华彩乐章在夏天，可谓极娱视听，"红了樱桃，绿了芭蕉"，这里，不光是时序标记，更有色彩元素，但"流光容易把人抛"的感喟也不是发生在所有人身上，除非他有足够细密的心思。

"烈日炎炎，芭蕉冉冉"，据说是《红楼梦》中第一次出现的植物，这个我还真没考证过，但大观园中的确栽种了不少芭蕉，可见曹雪芹对这种植物情有独钟。叶广度之《中国庭园记》曾分析过曹氏的园林设计，谓其"造园美学识见之高，诚非如今日一般造园家"。怡红院的主人宝玉有段话不妨照录：

> 此处蕉棠两植，其意蕴红、绿二字在内。若只说蕉，则棠无着落；若只说棠，蕉亦无着落。固有蕉无棠不可，有棠无蕉更不可。

这不只是关于色彩的考量，其实是关乎园林审美的整体把握。

"芭蕉不展丁香结"，这是患了忧郁症的古代文人眼里的植物界。芭蕉可不闲着，从春到秋，叶子不断地冒出来，还有新株如笋破土，一生二生三。我常担心它会从甬路中间现身。

芭蕉为艺术史的贡献也应记上一笔，绘画不必说，中国画中，芭蕉小鸟，可以办若干个专题展。它对书法的贡献更不一般，《清异录》载："怀素居零陵，庵之东植芭蕉数亩，取蕉叶代纸学书。名所居曰'绿天庵'。"潜心书艺，怎奈穷得用不起绢素，如果不是这么多叶子供其挥洒，怕是我们今朝就看不到《自叙帖》了吧。

每岁霜降，我都为芭蕉剪去叶子，非为习书，而是便于以草帘包裹，免其冻伤。裹好的一株株芭蕉如稻草人一样，憨相可掬。有一年忙得没有管它，结果脱皮数层。周瘦鹃《芭蕉开绿扇》一文，将蕉事写尽，惟未及此，大约他年纪大，修修盆景尚可，这种需要踩梯子干的活，不必自己动手了吧。花草之什的价值，除去文字的韵味，在有否亲历，平生最不喜读那些没摸过修枝剪的东拼西凑，总是隔了一层。

芭蕉亦结实，与香蕉一模一样，就是小，能否吃，没试过。在泰国吃东西，蕉叶常常用来包食物或装点食桌，上海的泰餐厅，也每每以蕉叶名。夏天在园子里喝茶，裁一截蕉叶，张铺几案，置小食，饶多兴味。

一切的艺术，乃至文章，如果只是一味的描摹，那境界总觉得不足。一旦有了情感的带入，便有了价值，比如这一首《蕉窗夜雨》："欲种千株待几时，故乡迢递得归迟。莲花山下窗前绿，犹有挑镫雨后思。"想种一大片芭蕉，是只有在故乡才做得到的呀，诗作者齐璜白石，一个侨寓北平的湖南湘潭人士。

无言菖蒲花

在台北看了次常玉展，平生快事也。这个任性的、短命的天才，潦草地书写了自己的艺术年表，留下一些诡异的遗世之作，供人在博物馆的冷气中瞻仰。比起那些马和豹子和女人体，我更喜欢他的花，那些菊、唐菖蒲仿佛他的代言人，冷艳、放肆地向我们展示它的本尊。

常玉有几幅唐菖蒲，最耐看的是那张黄绿色的，花插在玻璃瓶里，半开未开，一只猫在桌上探出头，可爱极了。

这幅画，画册上写作《剑兰》，也不错。唐菖蒲是我很喜欢的一种花，少时居东北，曾见人家院中有种，不知其名。后来街上有了花店，它似乎是一种颇有人缘的鲜切花，便常常可以欣赏到了。只是翻看古来的花卉书，并无记载，方知唐菖蒲来中国的时间，还不足百年。

我们在花店看到的唐菖蒲，不外乎红、粉、白，卖花人也不会给你讲哪一样是甘德，哪一样是莱氏、柯氏，植物书上说，它有 250 种之多，且基本上产于非洲。

东邻日本大约是亚洲最早引入唐菖蒲的，至明治后期，在日本的栽培已经很广泛了。

日本作家对植物一向敏感，小说里面不是行云流水般的故事情节与对话、一张张悬空的人的面孔。泉镜花是明治、大正间作家，其名作《汤岛诣》写的是艺妓事，颇值得一读。入赘名门的穷学生神月梓爱上了艺妓蝶吉，"一天早晨，蝶吉忽然醒了，把睡得迷迷糊糊的梓推醒，惊愕地四下里看看，说她刚刚做了一个梦。她梦见自己拎着三枝含苞待放的菖蒲花站在暗处。周围亮了，太阳出来了。在金色的阳光照耀下，三朵花一下子全开了。她天真烂漫地问梓：这梦说明了什么呢？"

神月梓尽管与艺妓同衾，却看不上她的出身，这个梦令他"内心羞愧，脸都红了"。

这男学生还算是好人，艺妓的明丽之心对他构成了不小的压力，正如鲁迅说过的，"甚而至于要榨出皮袍下面藏的'小'来"。知识阶级往往得通过与底层人群的交往，似揽镜自照，折射出人性的暗角，菖蒲花无言，它的意象，在1899年读者的眼中，必是天真烂漫的吧。

偶翻夏目漱石1911年病中所著《杂忆录》，其中提到在壁龛中摆上唐菖蒲插花，有人告诉他，"《圣经》里的野百合就是现在所说的唐菖蒲"，可见那时，此花正流行着，这与唐菖蒲在日本之栽培史恰好吻合。

唐菖蒲宿根，球茎扁扁的，大小若栗子，我曾买过二十几个，分种几处，刚刚生出的叶子如绿箭般。此花喜光，凡种在半阴处，则徒长难开花，开过花的，来年亦难再开。莳弄球根花卉，是很有学问的，如何施肥，如何保存，都会决定有没有第二个春天。我这种半吊子园丁，只能每年去买新的花球，坐享其成了。

唐菖蒲作为插花的确是不错的材料，但这几年似乎少了许多，如今城市里花店星罗棋布，花的种类多不胜数，唐菖蒲再难独领风骚。听花店的人讲，唐菖蒲球种都是进口的，退化太快，来年花色不佳，种的花农越来越少了。

唐菖蒲 20 世纪二三十年代传入中国时，画家常玉已身在巴黎，这是一种他在故乡从未见过的花朵。

人和花的关系，是一种奇特的组合，画家更是从花中看到自己，表现自己。莫奈、凡·高、徐青藤，莫不如是。唐菖蒲的花枝长长的，人们见到它之前，花店的剪刀已经截去了许多，常玉画的，花枝更长，带着叶子，令人猜想是刚刚从园子里剪下的。鲜花人所欲也，富二代画家并非醉生梦死，他的审美，云烟落纸，灵光乍现。艺术史将他 50 岁以后的创作划入晚年，这个阶段，很多人还没有开始。

泉镜花的那本书，中译为《汤岛之恋》，二十几年前面世，封面设计得地摊书一般，因文洁若译，还是买了回来。鹭江出版社的美编，一定是体育老师教的，换了张守义，也许就会是寥寥几笔勾勒一个女人的背影，加一枝唐菖蒲。陆智昌呢？大概只有唐菖蒲的剪影，干干净净的单色。我是这么想的。

夏夜的微笑

植物与时代的关系，我们从郁金香、君子兰的际遇上可以发现，植物与意识形态的关系，从向日葵、芒果的运命上亦可发现，但对植物们自己来讲，它们还是一样的春华秋实，一时宠辱并不会导致遗传学意义的改变。

有些花草，却千年等不到一回大红大紫，但也因此得以保其本心，比如牵牛花。

这就要说起 1974 年到 1975 年间，两位老者留下来的一篇佳话。

俞平伯、叶圣陶，京城硕儒也，彼时一个七十四岁，一个八十岁。北京太大，行动又不便，两人鱼雁往还不断，论学之外，还互赠牵牛良种。种子有这样几个来源：邻家楼下的，美国的，上海友人赠予的。他们于隆冬便张罗来年如何播种，夏天则互报牵牛的生长状态、开花颜色，讨论如何收种子。

种子一颗下种之后，越七日而萌发，至今两周，子叶而外长三叶，似不坏，然知其必能开花。（俞平伯）

弟处牵牛仅有两种，一为紫色细白边花，一为粉色，花幅大而致有褶皱之花。后者今已开花。（叶圣陶）

牵牛着花，紫色，每晨可开约十廿朵。在楼廊上立一竹竿，缤纷繁丽似一花幢，颇可观。（俞平伯）

承贶美国之牵牛花种子，谢谢。明年将试种之。此杂于美国玉米中，当是野生之种。而我辈所种者，其为家生种子已不知其几何代，累经人为选择，故色彩纷繁而花朵颇大。（叶圣陶）

无论南北方，城市乡间，牵牛实在是再普通不过的花朵，两位老人于一个黑暗的年代如此悠然地谈论"花经"，这是何等悲欣交集的一幕。

我也养了几年的牵牛，三种颜色，分别得自剑河路某小区之电线杆下、美丽园公寓对面之墙垣、邻居门口。颜色为深紫、浅粉、淡蓝。今年又于镇宁路觅得种子若干，其时枝蔓尽枯，只待明年夏天方可知花色。

俞家有一种牵牛，种子来自梅兰芳故宅，一位上海友人送了若干，均被同好讨去。梅氏养牵牛花事，《舞台生活四十年》里面有一专节，所记甚详，旨趣远胜文人。据云，他养牵牛花，是受了齐如山的影响，最多时养了几百盆。梅说，这花不是懒惰的人所能养的，"起晚了，你是永远看不到好花的"。他从观察花的浓淡渐变，学会了颜色搭配，培养了自己的审美观念。一代红伶，常年晨起练功，牵牛缤纷，舞姿曼妙，想着就觉得美。

一边开花，一边结籽，牵牛不倦。很少有人注留意，它的花苞在夜间便渐渐膨胀。夏夜短暂，必须抓紧准备，才赶得及日出。一季之中，能为人见，三两次而已，若遇了酷暑或阴霾，一日便是一生。

牵牛这种与时间的关系，为日本人所察，日本名其为"朝颜"，和歌与俳句中多有咏叹。"吊桶已缠牵牛花，邻家乞水去。"我喜欢这一首，不但将惜花之情写得淋漓尽致，也点出牵牛在清晨时快速生长的习性。

叶圣陶早年有一篇短文《牵牛花》，细致刻画了藤蔓生长之迅速，"好努力的一夜功夫"，他有意不写开花，因为那个谁都可以写，只有种过牵牛的人，才会注意到牵牛没有开花时的样子。

他是个深度迷恋牵牛的老人，其状堪比周瘦鹃迷恋紫罗兰。除了俞平伯，他与博物学家贾祖璋也交换过牵牛花种子。他把从俞氏那里得到梅家种子的事告诉贾祖璋，贾翁得知，兴奋极了，因此翻了不少关于牵牛的材料，最后说，栽培的牵牛当来自日本，"可惜还没见到过任何史料"。

我曾买过一幅日本水墨画，这画上，光头叟对着一丛牵牛，若有所思，上面那篇良宽禅师的诗，只辨出"朝颜"二字，余皆不识。

却说俞叶两翁得了梅家种子，种了之后，并无惊喜。但当年却不同，齐翁白石是梅宅赏花常客，尝有诗记："百本牵牛花碗大，三年无梦到梅家。"我的观察，牵牛养数年后，种子也会退化，梅家芦草园之种过了数十年，也未必佳。如今，这些"牵牛粉"均成古人，他们种过的牵牛也绝迹了吧。

但牵牛花是不会成为濒危物种的，它每个果球中约有五六粒种子，一株总有上百粒不止。承前辈胡子林相告，其子可食。我查了《花镜》，上面说"采嫩实盐焯或蜜浸，可供茶食"，于是今年就格外收了不少。

夜合欢

　　我住的小区里面，有三棵合欢树，一株植向阳处，另外两株的所在略阴。晚秋时分，那单独的一株毫无预兆地第二次开花了，红绒一树，在晨光中闪亮，还可以闻到若有若无的香气。

　　这是一个我无法解释的现象，一般它们都是初夏开花，远远望去，宛若绯红的云朵，眼下，正是种子时间，枝上悬着一个个棕色的豆荚，随风摇曳。

　　不过，它似乎一向喜欢制造意外惊喜，五月杪，合欢悄然开了，我竟全然未留意是从哪一个清晨开始的。

　　合欢是夏花中的翘楚，因叶子昼开夜合而得名。在有些地方，它又被叫作马缨花，倒也非常贴切。李笠翁谓："凡见此花者，无不解愠成欢，破涕为笑。"这显然是就"合欢"的字面来说的。而作家叶灵凤则说这名字"十分香艳"，也是一语双关。中国的文人们擅长把不相干的字组合成暧昧的理解，比如云和雨，自从与巫山发生了关系，便有了特定的指涉，合欢亦然，知道的，会心一笑，不知道的仍然不明白。

白居易的《闺妇》诗以"斜凭绣床愁不动，红绡带缓绿鬟低。辽阳春尽无消息，夜合花前日又西"记女子思征人，末二句以不得与丈夫同枕席，写普通人对战事之抱怨。合欢的隐喻平添了诗的哀怨，却又不影响它在公共领域的传播，仿佛一粒小石子投入湖面，那涟漪也是美好的。

这隐喻的由来，殊难考证。有一首流传颇广的《竹枝词》云："钱塘江上是奴家，郎若闲时来吃茶，黄土筑墙茅盖屋，门前一树马缨花。"诗为女性口吻，泼辣大方，而扯上马缨花这种富于挑逗意味的植物，显然出自文人手笔。

这种植物意象，在现代作家郁达夫的作品中也曾出现，作于1932年的短篇小说《马缨花开的时候》，描写了"我"

住在一所慈善医院中，无聊的病囚日子里，对一位女士产生了朦胧的情感，末了：

> 忽而来了一阵微风，我偶然间却闻着了一种极清幽，极淡漠的似花又似叶的朦胧的香气。稍稍移了一移搁在支着手杖的两只手背上的头部，向右肩瞟了一眼，在我自己的衣服上，却又看出了一排非常纤匀的对称树叶的叶影，和几朵花蕊细长花瓣稀薄的花影来。

> "啊啊！马缨花开了！"

有人分析，作品以马缨花的盛开，象征那位女士美好的品格给病人带来了希望，这实在是中了某些中学语文课作品赏析的毒害。小说中还写到蔷薇，并提及院子里有多种花木，最后为何偏偏要说马缨花？郁达夫的传统文化底子好，旧诗词在新文学诸家中堪称翘楚，我想，合欢的隐喻他不会不明白。可见治文学者，懂点植物学不是坏事。

从马缨花的芳香中获得某种愉悦，郁达夫笔下的"我"不是第一个，据元人龙辅《女红余志》载，唐进士杜羔，因父死母离而终日抑郁，"杜羔妻赵氏每岁端午取夜合置枕中，羔稍不乐，辄取少许入酒，令婢送饮，便觉欢然。当时妇人争效之"。合欢入酒，《本草纲目》里是有记载的，"夜合枝酒：夜合枝、柏枝、槐枝、桑枝、石榴枝各五两，并生剉。糯米五升、黑豆五升、羌活二两、防风五钱、细麯七斤半。先以水五斗煎五枝，取二斗五升，浸米、豆蒸熟，入麯与防风、羌活如常酿酒法，封三七日，压汁。每饮五合，勿过醉致吐，常令有酒气也。"据说是奇效良方，如今这些东西凑齐了也难，不如一粒"百忧解"省事。

合欢喜温暖湿润、阳光充足，有一年在海南，得见一株合抱粗的百余年老树，绿叶婆娑，比起来，在上海见到的合欢应该是孙辈了。另一次意外惊喜，是在济州岛的山君不离，一个著名的火山口，据说按火山口的内部高度可分为温带和暖带区域，大概是这个原因，此地植物种类繁多，分布特别。在火山口一侧，我发现了几株高大的合欢树，秀叶纷披，树冠蓊郁如盖，蔚为壮观。想不到在北方，合欢也能够长得这样好。海南的那一株，因为左右还有其他的树种，不得伸展，也就没有如此美丽的树冠。

黄梅细雨，合欢坠落，一地狼藉。总觉得其他的花，落便落，而合欢花如此纤弱，毛茸茸，一绺绺的，零落而为桃色泥，令人叹息。于是便想起一位短命的诗人朱湘，他是喜欢这花的，在《葬我》中，他这样设想自己的死：

> 葬我在荷花池内，
>
> 耳边有水蚓拖声，
>
> 在绿荷叶的灯上，
>
> 萤火虫时暗时明——
>
> 葬我在马缨花下，
>
> 永做芬芳的梦——

飘零海外，在写给他霓妹的信中，诗人憧憬道："回家以后，很想无事时候种种花草。最好住房后面有一片园地。"

这片园地，必会有荷花、马缨花之属吧。

生活无着的诗人，最后怀抱一部《海涅诗集》，一跃夜海，到底没有终老于他的花园。

鬼子姜

鬼子姜开花的时候，我站在院门口，总有人问我，这是什么花，这么好看。

我倒不觉它的颜值有多高，只是两三米高的枝干，顶着黄色花，比较醒目而已。路人的惊奇，多半是没见过这样的植物。

鬼子姜在北方却是常见，水塔街随便什么地方都有。大夏天走在路上，时不时会瞧见出墙的黄花。我们家是长在煤堆边上，谁也不管它，兀自花开花落，冬天来，一铁锹下去，就是一堆块茎，形如生姜，断了的茬口上还渗着汁水。

鬼子姜通常是做酱菜，其味甚美，没有一点辣气。将挖出的块茎洗干净，放陶罐子里，撒上大粒的海盐，俟腌透了，拿出几颗，切丝或切片，沸水烫过，去咸味，佐以麻油、葱丝，一盆冷菜上桌了。

流徙江南二十余载，此味不尝久矣。某年春节返乡，带了些鲜的回家，种在门口，春天一到，毛茸茸的叶子长出来。

鬼子姜学名菊芋，查了一下，是菊科、向日葵属，这个是极明显的，小苗初长，极似向日葵，且有硬硬的绒毛，及再长，则只有花朵有几分像，叶子却不如向日葵那么宽大肥硕了。

如果只是为了看花，鬼子姜不具什么优势，花亦不香，它过高的身姿亦不适合做花境，但其宿根可食，却非其他草花可比了。

秋天，我也收获了些块茎，内子如旧法炮制，整个冬天，不时能尝到家乡的味道。

遥想西晋之张翰弃官回乡，说是起了"莼鲈之思"，这两样东西，本非珍馐，但却是游子记忆中的佳肴。时人喜谈饮食，不特为食品安全甚劣情形下之狂欢，亦因中国社会前所未见之迁徙潮制造了无数的乡愁。昔唐鲁孙氏之谈吃，盖因一为迁客，吃不着了之缘故。观时文，不见"故园东望路漫漫"的情愫，只剩下了吃。

每个夏天，上海总有几场擦肩而过的热带风暴，风过后，爬山虎会落下一些藤蔓，芭蕉撕扯得不成样子，蜀葵花东倒西斜，鬼子姜则作匍匐状，索性一剪了之。

但这时的姜，还太小，如江南的宝塔菜。鬼子姜只要种一次，你便很难除尽，它的这个特点，帮助人类在一些不毛之地防沙固沙，且不需施肥，不需喷药，雨也不怕，旱也不怕。除了舶来之故，"鬼子"这个名字大约也是它神出鬼没的生存方式之写照吧。

据说鬼子姜是17世纪自欧洲传入中国的，而它的祖籍却是美洲，看来此公喜欢浪游，且随遇而安。说起来，它来华的资历比凤仙花、番茄什么的晚了不少。我知道的外来物种中，有这两样表现颇不佳，一枝黄花与水葫芦。水葫芦又称凤眼蓝，生于水上，繁殖极快，中国引进时，以为畜草，结果泛滥江河，鱼虾殒命，舟楫为阻。一枝黄花亦曾在花店中作鲜切花卖，只要它长过的地，土壤板结，什么都种不好了。相比之下，鬼子姜简直是道德模范了。我看见过一篇文章，说菊芋可以做生物燃料，但那得种多少啊。

鬼子姜在中国各地的叫法各异，有叫洋姜、洋生姜的。最近发现崇明岛卖一种酱菜，名金菊芋，下面还写了几个字：外国芋艿，这个叫法从未听说。

在苏梅岛的一个酒店，我发现了几棵菊芋，高不及膝，这么热的地方，它何时开花，何时休眠，就不清楚了。

大丽花

二十几年前的事情了，彼时余在北方，报纸上看到新闻，大丽花成了吾乡的市花。同事中颇有一些爱花人，一肚子牢骚，那缘由也不过是大丽花太普通了，何况一直以来，我们都叫它"地瓜花"。

我倒觉得没什么不好，所谓市花，不过是居民希望有一种植物可以代表自己生活地的风格或城市气质，当然，至少是这植物在这里活的是最惬意的，比如水仙之于漳州，牡丹之于洛阳，白玉兰之于上海，等等。

每年一入夏，北方的街头巷尾，大丽花便缤纷登场了。白、粉、红、黄、紫，十来种颜色，花有重瓣的，也有单瓣的，似菊非菊，这也难怪，人家是菊科，血缘关系总是要露出来。母亲家楼下的花坛里，每年都有几丛，和鸡冠花、江西腊、金鱼草、一串红、波斯菊这些"国民草花"一起，姹紫嫣红着，直到秋凉。

大丽花的另一个名字叫西番莲，可见是个洋种。但其实，"大丽"也是洋名，是一位瑞典植物学家的名字 Dahlia 的音译，据说这位大丽博士，是伟大的分类学家林奈的学生。

大丽花的祖籍在遥远的墨西哥高原，性喜高燥凉爽，在外游子，有时候面对眼前的景致，会有"村桥原树似吾乡"之叹，大丽花一定是喜欢上了中国东北的空气，便落下了脚。

我很小就知道大丽花，是因为有个佟姓邻居，擅养花草，大丽花便有好多盆。印象最深的，倒不是佟叔叔家的大丽花颜色多，而是他的绝活。每年霜冻前，他会割去大丽花的茎叶，然后把像甘薯的块根一坨坨包好，装入纸箱，再填上细沙，放在厨房的角落。那时候住房条件不佳，四合院的厨房冬天的温度零度左右。开春，他把休眠了一冬的大丽花请出来，左手持块茎，右手一柄小刀，确定有叶芽的位置，将其分为数块，这架势颇像有经验的外科医生，然后涂以事先准备好的草木灰，入盆，浇水，佟氏大丽花家族日渐壮大。

多年以后，读恰佩克的书，一个园丁在漫漫冬季，满脑子都是对即将到来的春日劳作的排演与遐想，佟叔叔一定和恰佩克一样，把他的大丽花想了无数遍吧。

南方的温度，对大丽花不够友好，它多少有些水土不服，花市上虽也常见，总不及在北方那么繁茂苗壮。有一年买了两盆，夏日多搬动，免得暴晒，开得不赖。但到了冬天，佟叔叔的本事我可不具备，只能放它在阳台上，孰料温度高，叶子不落，春节居然再次开花，花轮比夏花小了一半，颜色还好。可惜这是一次代价太大的绽放，不到夏天，便一命呜呼了，盖养分耗尽矣。是故，人也罢，植物也罢，凡违背规律，必无善果。

据说大丽花其色之繁，为花中翘楚，我们能看到的不过是很少的一部分。世界各地的园丁们，至今还在进行杂交繁殖，种类在持续增加，不过，美常常也有缺憾，大丽花没有香味儿。记得当年佟叔叔就非常遗憾地和我说起，他听说，国外有人在"攻关"，这在当时是个非常新潮的词儿，因为叶剑英刚刚发表了一首题为《攻关》的诗，传诵一时，代表了那时的中国，以及时人对未知世界的好奇与渴望。佟叔叔说，日本人在用其他的什么花给大丽花授粉，要是中国人能实现这个，就好了。

我后来读贾祖璋先生的《花与文学》，得知美国园艺学家蒲班克20世纪初便立志改良大丽花没有香味儿这一美中不足，最后似乎有所收获，育成了若干个品种的芬芳大丽花。可是，这些花的大小、形态、色彩均不佳，也就不为人知了。

遗传学著作《植物的欲望》中说，花的形状、颜色以及香气，这些由基因确定的东西，其实承载着人们在时间长河中的观念和欲望，也就是说，是人塑造了花。我想说，大丽花，别在意蒲班克先生的执念，你就是你，一朵花只能做一朵花的事情。

李玉英与城南秀贞的凤仙花事

世间百业，各有始祖。木匠的祖师爷是鲁班，印刷业为毕昇，青蒿素是屠呦呦发现的，那么美甲业呢？答曰：李玉英。所凭者何？史料为证。明吴彦匡《花史》中说："李玉英，秋日采凤仙花染指甲；后于月夜调弦，或比之落花流水。"

这还不够吗？总比某些药房的门上悬着一方"建于乾隆某某年"的黑底金字匾额靠谱吧。

这李玉英何方人氏，《花史》上却没说，但必是一位懂得审美之人，染指甲，美己悦人也，鼓琴亦风雅事也，落花流水者，喻以如花指尖，鼓《流水》之曲，实是妙语。

凤仙花随处有之，其叶秀，其花侧垂作羞态，郑逸梅氏说它"庭前圃后，带露摇风，其色彩韵致，比诸小家碧玉，亦自有其动人处也"。这是我见过的最精到的描述，你若有闲，端详此花，必会认同我的评价。

小家碧玉的佳处，在于有那么一点点烟火气，可触可及，凤仙于是就成了美化生活最好的材料。

六月，凤仙花开，白、红、粉红、玫红、茄紫，颜色多极了。这时节，女人们会摘了花瓣，捣碎之，调以明矾，涂于指尖。这还不算完，须以烟盒中的锡纸包裹住十指，用线扎了，第二天早上拆开，这事情方算大功告成。这一夜，两只手几乎是动不得的，但对于爱美的人，算不得什么。

这些情形，发生在很早很早以前，宋人周密的《癸辛杂识》中"金凤染甲"一则，可谓是凤仙花的使用说明书："凤仙花红者用叶捣碎，入明矾少许在内，先洗净指甲，然后以此敷甲上，用片帛缠定过夜。初染色淡，连染三五次，其色若胭脂，洗涤不去，可经旬，直到退甲，方渐去之。"

周密是杭人，《花史》作者吴彦匡是温州人，此俗却不惟南方有之，今人林海音的小说《城南旧事》中，有一段疯女人秀贞用凤仙花给英子染指甲的描写：

> 她摘下来了几朵指甲草上的红花，放在一个小磁碟里，我们就到房门口儿台阶上坐下来。她用一块冰糖在轻轻地捣那红花。我问她：
>
> "这是要吃的吗？还加冰糖？"
>
> 秀贞笑得咯咯的，说：
>
> "傻丫头，你就知道吃。这是白矾，哪儿来的冰糖呀！你就看着吧。"

秀贞自己的指甲也是用凤仙花染的。虽说疯，倒爱美，而且居然知道用白矾。作家隔着海峡，默默遥望着自己的童年，植物也罩上了感伤的色彩。

小时候，我家里也种了许多凤仙花，大院里也有一个疯女人，叫小娥子。小娥子爱美，也喜欢从什么地方掐一支花，捏在手上，但我不记得她对凤仙花发生过兴趣，或许曾经有过吧。那时候，疯子挺多的，水塔街每个院子都有一个，他们活在自己的世界里，我们忙着吃饭，忙着闹革命，他们在花花草草中，不知有汉，无论魏晋。

凤仙花之遍天下，与种子的传播有关，它纺锤状的蒴果鼓鼓的，一碰即裂，种子四散，中医称其为"急性子"，就这么来的。在北方，有人叫它芨芨草，但这名字属于一种禾本科植物，我曾见人依音写成芰芰草，也不确，盖菱古称为芰。我以为正确的应该是"急急草"，但遍翻诸籍，无有此名。还是西人有趣，名之"TOUCH-ME-NOT"，莫碰我，为什么我们不索性叫它"莫攀我"？敦煌曲子词之《望江南》曰："莫攀我，攀我太心偏。"不过，那便有些风尘的味道了。如此说来，名妓"小凤仙"之传奇又有了佐证。

我这几年养的凤仙花，种子是从莫干山一户农家院墙外采的，撒在向阳处空地方，天刚暖，便齐刷刷冒出来。幼苗一棵棵挤着，需间之，间出的，一移便活。我当然不会效李玉英之雅，只任它由初夏开到深秋。

指甲油是现代社会的重要发明，自其量产，女人们就不再光顾凤仙花了。由古至今，以美甲见于记载的，李玉英是第一个，似乎也是唯一的，当然，遍布街衢的美甲店只知李冰冰，不知李玉英，也就不会将其画了像张之于壁。再说，画家们忙于创作伏羲氏女娲氏这些创世大神，哪里顾得上一个钟爱凤仙花的明代文艺女青年，况且她长成什么样，也实在颇费掂量。

种竹记

30年前读废名的《竹林的故事》时，我不会想到后来我也会有一簇"绿得可爱"的竹子。

北人南徙，竹子、芭蕉这些北地不生的植物，样样觉得新鲜。早些年报章上日日见到的"新生事物雨后春笋"，一下子变得形象而具体了。

竹子不贵，移栽易活，去苗圃买了几十棵。看农书，种竹有许多讲究，什么"卜雨便移，多留宿土"之类，哪管得了那么多。请了小区里的绿化工老唐帮忙，半天便搞定了。

"宁可食无肉，不可居无竹"，此话由东坡肉的创始人嘴里说出来，可见竹之重要，"无竹令人俗"，竹子俨然是文人精神的外化。苏东坡确是伟大的哲人，精神与肉身的那点事儿，十个字就轻易讲清了。

古来爱竹之人无数，理由却各异。曾国藩家书坊间版本甚多，礼崩乐坏之际，有病乱投医，这个家书亦成为所谓国学之精华。那些经世致用的理论说来无趣，但有几句却好玩。譬如"家中养鱼、养猪、种竹、种蔬，皆不可忽，一则上接祖父相承以来之家风，二则望其外有一种生气，登其庭有一种旺气。"另一信中，他亦关心伏天里竹子有枯者否，谓可见人家兴衰气象。

其实竹子一旦种下，便无须操心，我印象中，即便最热的一年，亦未发生大面积伤亡。老唐师傅说："竹子不用粪，一年添一寸。"说的是，竹子轻肥重土。竹生数年后，盘根错节，竹鞭匍匐，添了土，笋才有立身之地。在我，这些可是"纸上得来终觉浅，绝知此事要躬行"的经验之谈。

竹子在一年之中，春季最堪玩赏，笋会蓦然生出，三三两两，迅速拔节，努力蹿出竹梢。但其他的季节，竹子并非等闲，"凤尾森森、龙吟细细"，便是《红楼梦》中曹雪芹的神来之笔，非用心观察，不能得也。这好像中国画的墨竹，不明画理的人，看起来不过是深浅不一的叶子与枝干，而风竹、雨竹、新篁，各自摇曳，姿态颇不同也。

未种竹者，竹有千般好，一旦种了，自要面对诸多麻烦。竹子虽不似松梅之类需时时修剪，但其根系发达，侵地日广。当春雨初霁，尖尖的笋从打理得很好的草坪上露出头来，园丁的心情，是欣喜？还是惊慌？

早年读杜诗，至"新松恨不高千尺，恶竹应须斩万竿"两句，颇不解其意，这恨从何来？有好事者，摘老杜咏竹诗若干，云其本爱竹，讨厌的是"不好的竹子"。此强作解人也。盖老杜之爱竹，远逊放翁之爱梅，即便"但令无剪伐，会当凌云长"这样的话，也不过是唱和中不冷不热的敷衍之语。早年在长安，他去了人家的园子，总要赞一番，却道："绿垂风折笋，红绽雨肥梅"，对新笋为风所折似乎有些幸灾乐祸。杜诗的几个重要本子，我都有，所愧未尝通读。但随便翻翻，便见两首与竹相关的绝句，"无数春笋满林生，柴门密掩断行人""堂西长笋别开门，堑北行椒却背村"，说的都是麻烦制造者新笋挡住了路。老杜对竹子的感情，其实很简单，全由心情说了算。"曩见梅花愁，今见梅花笑"，说到底，诗绪是跟着情绪走的。诗人到底喜欢不喜欢某植物，全视他是否以此自况。

缺少一个杜甫，并不可怕。从兰亭雅集开始，中国最重要的文化活动与行为，常常在竹林里发生，竹林七贤不必说，庾信的"一寸二寸之鱼，三竿两竿之竹"，则成了古来"想通了"的隐者标配，而王维的"独坐幽篁里，弹琴复长啸"简直就是一出环境戏剧，"斫取青光写楚辞"的李长吉不正是"到此一游"的"始作俑者"吗？

湖北人废名解放后到了吉林大学，在东北生活了15年。我有一位老同事，早年听过他讲课，并曾去其家，云冯先生住小洋楼，小院甚好。我想，肯定没有竹林。

文竹之用

20世纪80年代，李霁野先生译的吉辛《四季随笔》再版，英国人那种清新、闲适的调子很容易捕获解冻期读者的心。作者漫步于乡村与郊野，从辨识简单的植物这样的生活中发现快乐，令人无比向往。

那时，我识得的植物还很有限，每一个新鲜的发现，都交织着年轻的遐想。文竹，便是如此。

80年代，文化馆是个很有文化的地方，仿佛磁石，吸引着周边的文艺青年。如果谁有兴趣做一番考察，绝对是藏龙卧虎。诗人顾城就曾经在北京一家文化馆上班，他编辑的小报《蒲公英》，当年在我家附近的文化馆也读得到。若当时有心，我会收藏他手写的信封。

文化馆创作员姓肖，生得孔武，人称大肖，他的办公室在阁楼里面，四壁贴满了从中外文学名著里摘出的句子。靠窗的桌子上，养着一盆文竹。

春节的时候，大肖组织了一次新春诗会，少长咸集，文化馆不算大的活动室里挤满了人。大肖将那盆绿意盎然的文竹往台子上一搁，声如洪钟地宣布：请以《文竹》为题赋诗，新旧体不限。

我可能是那次诗会最小的参与者，喜获三等奖，奖品是一个新款搪瓷锅。从此，每见文竹，总是想起那次诗会，只是这首以文竹为吟咏对象的诗里，我写了什么，却全然不记得，这首诗也从未发表，依稀记得是将文竹比喻成一片森林，无论是当时还是现在，这都算不上高明。

真正养一盆文竹，却在20年后。

文竹非竹，《清稗类钞》说它"干有节如竹枝，叶形肖松针"，又说，"叶细于发，翠色欲滴，非草非木"。这是抓住了重点的准确描述。文竹的气质，可用清雅二字形容，文人雅士喜欢它，颇有些"我见青山多妩媚，料青山见我应如是"的惺惺相惜之感。

花市里，文竹却卖不出价钱，不要说与紫罗兰、石竹之类相比，甚至还不如一棵"死不了"。

一株比手掌还矮小的文竹，栽在青花瓷盆里，仿佛孩童穿了大人的鞋子，但不消几个月，便亭亭玉立，成了书房案头的翘楚。

除了新春诗会，创作员大肖的文竹还派上别的用场。那是个文艺的回春之年，春天里，文学期刊铺天盖地，文艺青年如雨后春笋，文化馆一度是他们的据点。本地的诗人、作家们演讲布道，常常座无虚席。每次，这盆文竹都端居于讲台之上，绿云添韵，愈发显出名人的分量与魅力。

来授课者，亦不乏文坛耆宿，曾经与鲁迅交往的王志之先生便是其中之一。年逾古稀的王老先生是四川人，女儿工作调动，他随迁吾乡。讲起鲁迅，王老先生一口一个"老头子"，当然，鲁迅是他顶礼膜拜的老头子，之死靡它。文竹不言，我们也听得入神。

文化馆的门外，种了好多丛丁香、美人蕉，好多棵银杏，但馆里面却没有什么植物，似乎只有一盆孤孤单单的文竹。我想起来的时候，就给它浇点水，它日渐繁茂，大肖做了馆长，我也不再是个文学少年。我妈一直宝贝似的藏着我拿回来的搪瓷锅，仿佛那才是我的作品。

书上说，文竹不宜大水，否则容易疯长。我有教训，我曾经把它养成了半人高、藤蔓缠绕的"绿巨人"，文气全无，最后只能咬咬牙，自根部剪断，令其重新萌发。但老实讲，和许多花草比起来，养一盆文竹，算不上负担，不要太多的水，也不要太多的光，你只需不时修剪黄叶，施以薄肥，文竹便报人以宁静与悠然。

只是，我再不曾为它写诗了。

红花并蒂，玉立亭亭，像是用薄天鹅绒扎出来的。

晨光中，地上仿佛铺了一张淡紫色的绒垫，如果是从前，大概只能说"一大片野花"吧，那感觉毕竟两样。

春天，鸢尾总是先开，其叶恰到好处地弯曲，花朵轻盈，一副园圃精英的样子，马蔺则精悍无比地挺立，仿佛支支羽箭。

本是山头物，今为砌下芳。

一簇悠然是紫阳，凌霄借力上南墙。杨花不解春归去，犹自多情逐日长。

芭蕉的华彩乐章在夏天，可谓极娱视听，"红了樱桃，绿了芭蕉"，这里，不光是时序标记，更是色彩元素……

郑逸梅氏说它"庭前圃后，带露摇风，其色彩韵致，比诸小家碧玉，亦自有其动人处也"。

每岁留其果一二，置室中月余，其色如铁，作案头清玩，乐何如之！

疯狂的石榴树

　　"夏季里端阳五月天，火红的石榴白玉簪。"一直以为，《花为媒》里的这段"报花名"，不只是评剧，置之各地方剧种中亦为精彩的一段。每个时令，都有不同的花木对应，可抵一篇二十四番花信风了。且文辞明丽，毫无士大夫流之酸腐气。

　　园中有玉簪，亦有石榴，那年夏天，簪白榴红时节，玉簪宁静，石榴却每天都不同。大约是疏于修剪，石榴已经长得老高，花萼眼见着膨胀，天蓝的日子，宛如一幅水彩。一场豪雨，枝叶上吃了太多的水，整棵树压弯了，已成拱门状，随着果实的成熟，从树下经过，须躬着身子才行。

　　希腊诗人埃利蒂斯获得诺贝尔文学奖那年，我还在读中学，我记得似乎是在《世界文学》上读了他的《疯狂的石榴树》，大为不安。要知道，我那时的诗歌启蒙还停留在"西湖的碧波漓江的水，比不上韶山冲里清泉美"这样的颂词上，至于对石榴诗的欣赏，也就"五月榴花照眼明，枝间时见子初成"这种四平八稳的路子。但这位希腊同志也太大胆了!

> 当赤身裸体的姑娘们在草地上醒来，
>
> 用雪白的手采摘青青的三叶草，
>
> 在梦的边缘上游荡，告诉我，
>
> 是那疯狂的石榴树，
>
> 出其不意地把亮光照到她们新编的篮子上，
>
> 使她们的名字在鸟儿的歌声中回响，告诉我，
>
> 是那疯了的石榴树与多云的天空在较量?

地中海一带盛产石榴，埃利蒂斯选择这一意象自有其缘由。他年如去希腊，当一啖为快。

自家园子里中了邪似的石榴树锦果累累，摘了两大盆，

然味道不甚佳，去水果店买了一箱蒙自石榴，每次榨汁掺入一只，居然别有一番风味。

在新疆，我吃过上好的石榴，不论是在热闹的巴扎，还是在宽阔的马路上，随便都可以买到。前几年，奉命做一部关于南疆风物的纪录片，石榴、红枣、葡萄多吃了不少。片中介绍石榴传入中国的时间，不用说，我们轻易就把它算在了汉张骞的名下，其实我心里面清楚，这个问题颇为复杂。

关于石榴之东传，杰出的德裔美国东方学者劳费尔的考据是绕不过去的，他是个语言天才，比人人知道的陈寅恪、季羡林会得更多，吾国或者只有辜汤生可以一比。劳费尔通过对不同语言材料的研究、比较，对张骞说提出质疑，当然他并未给出结论。所以，这事儿仍是个悬案。但劳费尔指出，"榴"这个字，是波斯语的发音。哪位对此有兴趣，可以去翻他的《中国伊朗编》，那里面除了说石榴，还论及西瓜、苜蓿、茉莉、指甲花等等，十分有趣，读来所获远远超过看一部往往谬误百出的电视节目。

石榴虽是舶来的洋货，却毫不违和地与中华文明融合。一个榴字，被引申为"留"，足证我们是个喜欢有胜过无的民族。江南古镇的石桥上，多有一二株阅尽沧桑的石榴，此非自生，而是造桥人为石桥永固，将石榴籽拌在石灰、泥沙中，砌在石间，日久天长，而为古树。坐在桥上，见榴花照水，发思古之幽情，亦人生乐事。

劳费尔的书中，也谈到石榴多生碎石之中，可见其不择土壤。我养过一盆小石榴，种子不知道何处来，放在窗台上，日生夜长，冬天也无须入室，曾作一绝：一株黄瘦晓风寒，燕雀翩翩不肯怜。自有诗心凛冬后，红花满树与君看。

今年的石榴不算好，我是个半吊子园丁，也说不出什么名堂。秋十月，石榴熟，斫去冗枝，待叶落，以垩灰涂其干，防虫蛀也。每岁留其果一二，置室中月余，其色如铁，作案头清玩，乐何如之！

苹果志

超市里见到一种日本果汁，瓶子的商标上是"完熟林檎"四个字，如果不是下面画了一个红苹果，估计多数人不知此即苹果汁也。近人徐珂《清稗类钞》"林檎"一条曰："日本亦有此称，则指苹果而言也。"日本人为什么称苹果为林檎？这是个交通史题目，可以作一篇考证文章，非我力可逮。

但中国古代，苹果和林檎可是两样东西。李时珍在《本草纲目》里便说它们"一类两种"，《花镜》里面，也是分而述之。不过，那时候，苹果的名字是"柰"。柰与林檎，何其古雅的两个名字，一入现代，便如一块上好的方糖掉进水里，一个叫了苹果，一个叫了沙果。

沙果可算是苹果的袖珍版，它还有另外一个名字：花红，不过吾乡一向称沙果。苹果青时便可食，沙果则须半红半黄，过熟便不脆，味亦不佳。

小时候，七岭子西街有家院子里种了棵沙果，暑假里果子正红，我们常常去偷。这户人家好像只有一个女人，和我小姨差不多大，见到我们也不轰也不骂，比米丘林温柔多了。

米丘林的故事，是我童年故事库中的一部分。有一则是说一群顽童潜入他的果园，偷摘了他嫁接的苹果，老头儿暴跳如雷，说他们吃掉了他为全体苏维埃人民培育的果实！

成年后读《米丘林全集》，看他逐日地记录植物种子发芽、开花、授粉的情况，才懂得了他的愤怒。就如杜工部老先生好不容易在成都浣花溪边"装修"好了茅屋，结果南村的一众顽童趁风来起哄，搞得他怒斥"忍能对面为盗贼"！但骂人是有代价的，千年后，郭沫若据此揭发其对劳动人民的孩子毫无感情，露出了地主阶级的本性。

大约我们偷吃的并非珍稀品种，那女主人也不愿得罪我们这些穷人的孩子吧。

米丘林的苹果，我也吃过，在中国北方，便有他培育的品种在种植。《群芳谱》说："柰出北地，燕赵者尤佳。"从前北方的苹果，多为国光、元帅、倭锦、富士。书架上有本《辽宁苹果品种志》，这本精装的大部头，1980年出版，只印了1000册，近500页，有一半是彩图，画的都是苹果，可谓精美绝伦。

此书记载了348个苹果品种，国光、元帅、倭锦等俱在其中。据称，国光原产美国弗吉尼亚州，其树身高大，果色暗红，肉脆汁多，甜酸味浓。元帅也是美国品种，引进迄今已百年，比国光味香，但不易贮藏。富士是个国光、元帅杂交品种，却和米丘林没关系，是日本人搞出来的，20世纪60年代引入中国，兼有两者之长，但颜色没那么鲜艳。我最不喜欢吃的倭锦，皮厚且涩，现在已不多见了。从前望文生义以为这是个日本品种，结果一看书才知道也是美国的。但日本有新倭锦，产于青森县，超市里的苹果汁便标明是以青森县的苹果为原料。

辽宁的苹果，是一个世纪前从日本引入的，我疑心，在古代，柰较林檎为少，或者不那么受欢迎。王右军《十七帖》中有《来禽帖》，来禽即林檎，帖云："青李、来禽、樱桃、日给藤子，皆囊盛为佳，函封多不生。"这大约是他和朋友讨种子的一封信，要了四样种子，并无奈。当然，农书如《齐民要术》上也说，苹果最好以栽压法繁殖，且右军又是在南方的绍兴，所以我也只是猜测。但在世界范围内又不同，加拿大人格尔纳在《水果猎人》一书中有个数字，说每天吃一种苹果，可以吃50年，我们见到的，实在有限。

水果由野生而为人类不可或缺的元素，经历了漫长的旅程，这过程，也自然留下文化的烙印。是故想在古诗文里找苹果的踪迹，可能多半会失望，而西籍之中，从《圣经》到艾略特，苹果无处不在。高尔斯华绥有篇小说《苹果树》，30年前读过一次。说的是一个出身不错的大学生，偶遇小地方的姑娘，一见钟情，但始乱终弃，是一个很像托尔斯泰《复活》的故事。不一样的是，高氏的小说故事中，有一棵古老的苹果树，他不厌其烦地描写苹果花，以喻苹果花一般的女子。

你见过苹果开花吗，白里泛红，漂亮极了，在吃了那么多年苹果之后，你应该去看一回。

夹竹桃记

夹竹桃热闹了一夏，过白露，偃旗息鼓了。今夏苦热，此花却盛过往年。

数年前，向来对植物学一知半解的媒体，披露了"夹竹桃有毒"的发现，遂有好事者，大加砍伐。殊不知世间毒物，有甚于是，而熟视无睹。好在如此一来，攀折者日少，安知非福？

少时居北方，夹竹桃却不是常见的花。水塔街养花的人家不少，我记得的，只任奶奶家有两株，一红一白，种在搪瓷盆里。任家的屋子在院首，夏天时，谁一进院子就见到它们，仿佛迎客松。

在南方，夹竹桃往往就是栽在路旁，无须人照料，茂盛得不透风，且高可数丈，称其为树似乎更准确。高速公路两侧，更是夹竹桃当仁不让之领地，每隔数年，总须强剪，剪后突兀得很，但每一剪，则花愈繁。

夹竹桃野生于伊朗、印度诸地，广植于热带。顾名思义，其叶如竹，其花如桃。这种命名的方法，于植物中甚为普遍。如葱兰，叶如葱，花如兰。但如果不知葱与兰，就全无意义。好在竹与桃吾国多见。

然若论形象，夹竹桃的叶子确与竹似，但枝干一柔一刚，绝不相同，吾乡唤其柳桃，抓住了柔的特征，似更准确。但这一名字，却成为温度之外的另一个"利空"，谚云：前不栽桃，后不插柳。盖逃与溜，皆于积财有碍。两样东西，它都占全了。自古道：人急投亲，鸟急投林。但投得好不好，要看运气。我疑心，柳桃之名，是夹竹桃在北方较为少见的一个原因。

我种过两次夹竹桃，结局都很不幸。此花扦插易活，读中学的时候，我从任家讨了一段，生在汽水瓶里，瓶口用黄泥封了，不久，根须便生出来。我把它移到院子里，结果被父亲拔出来丢掉了，理由就是那两句顺口溜。虽然有些悸悻，却也没有太伤心。毕竟等它真的开花，我都不知道自己长多大了。另一次是住虹桥时，如旧法，培了一株，种在楼下公共花坛，没几天，神秘失踪，不必劳烦福尔摩斯，一定是既为毒草，人人得而诛之。

夹竹桃岂知人事？

诗人泰戈尔的剧本，读者不多，似乎亦未见搬演。有一部《红夹竹桃》，是一个不大好懂的爱情故事。泰翁剧作的语言，仿佛诗句，典型的浪漫主义风格，郭沫若氏早期历史剧庶几近之。剧本一开始，便是一个金矿的矿工以红夹竹桃奉女主人公南提妮，她喜欢这个花，她的恋人也以此称呼她。热烈的红色夹竹桃在剧中数次出现，成了爱与火的象征。我的这本《泰戈尔剧作集》是1958年出版的，扉页上面有译者冯金辛的签名，也算是难得的藏品。

中国作家似乎没有谁作过夹竹桃赋之类，民国作家、藏书家周越然氏，好谈性，在他的《六十回忆》的自序里写道："评论大家，或将以'夹竹桃'之名，讥我的书。但我幼时不学，长入'异'途，文既不文，白又不白——桃不成桃，竹不成竹——恐怕还不能接受这个雅俗兼具的花名。"

周氏 1962 年即辞世，来不及知道夹竹桃成为毒草之新闻，否则断不会以此自嘲自况。

历史往往如此，仓廪实则民知情，衣食足则众知性，欣逢盛世，周越然著作亦重见天日，或辑其佚文，名之《夹竹桃集》。

夹竹桃开，逢暑天，入伏更盛，据我的观察，白者花期长，红者花期短，但都反反复复，花谢花开，不知疲倦。今年夏天，有欧洲行，卢浮宫出来，艳阳下一株白花心的夹竹桃明丽地开着，那一刻，我竟想起上海翁翁郁郁的夹竹桃了。

　　某年深秋，和母亲一起散步，看到一丛鸡冠，萧瑟中生得丰腴艳丽，甚是可爱。

一枝淡贮书窗下，人与花心各自香。

秋菊有佳色。

岁之终、花之始也。

城中人散去，聊插一枝春。

天下无事，我家无事，无客，无债鬼，亦无余财，年暮在淡泊幽静之中度过。

这种颜色，林风眠、王雪涛的画里面都找得到。

又是一个好天气，园子里有很好的光影，可惜为五斗米，还得出去啊。

蓖麻往事

有时我会回忆起童年，那些陈芝麻烂谷子，最耿耿于怀的，是始终为成年人的阴影笼罩。睡眼惺忪地被逮起来跳忠字舞，深一脚浅一脚地提灯游行，这些大人的事情，充斥着我这一代人的童年。

或许这便是人类永远无法摆脱的个人与时代的关系，就记忆而言，深刻却难说美妙。当然，也有一些可以排除在外的，比如种蓖麻。那会儿我们可真是一穷二白，放假了，暑假拣废钢铁，寒假去拣粪。种蓖麻，据说是为造导弹用的，实际干嘛，并不清楚。种子是学校发的，每人数颗，黑色的，带着诡异的花纹。我姐姐班上也发了，我们各种各的，看谁结得多。

那时候似乎全中国的孩子都在种蓖麻，连数学题也涉及，比如：同学们种蓖麻的棵数是向日葵的 75%，种的向日葵比蓖麻多 21 棵，向日葵和蓖麻各种了多少棵？我数学一向很差，这样的题目足以令我抓狂，还不如让我去唱那首歌《我为祖国种蓖麻》，曲调很适合变声期的男生。

不过，我因此增加了自己的植物学常识。如今还记得的是，蓖麻如期萌芽，迅速拔节，雨点落到硕大的叶子上，噼剥作响。结果的时候，毛茸茸的，先青后红，像一个个偎在一起的小刺猬。至于我们为国家所做的贡献，那实在是点滴而已。

蓖麻油可为制印色的材料，是在我喜欢上书画以后知道的。调制印泥，需上好的蓖麻油，这是一件超级麻烦的事情，考验着人的心力。置油于瓶，夏曝冬晒，如是者数年，方可用。民国时，上海有位制印色的高手张鲁庵，陈巨来等篆刻大家所用印泥皆其所供。今石门二路有鲁庵印泥陈列，某次经过，空无一人，隔着玻璃柜，看见几个装着蓖麻油的小瓶子，微黄然极清澈，仿佛历尽沧桑。张氏作古多年，遗珍犹在，千金不易也。

蓖麻还有什么用途，我们当年几乎一无所知，唯一的应用，是用小刀撬开，取了瓤，给铁皮文具盒抛光，油光锃亮。

100 年前，劳费尔出版的《中国伊朗编》里考证了蓖麻的传播，说在埃及的古墓里发现了蓖麻籽，当时的埃及尚有种植，"它的油是很滑润的，如点灯用，不次于橄榄油，只是它发出一股难闻的气味"。于是，我的眼前浮现出尼罗河岸，点点蓖麻油灯的火苗。

前年，内子的朋友送了一些国外花种，大多不识，只蓖麻是认识的。种了几棵，长到四五米高，秋天收了不少种子，可惜没地方上缴了。现在种蓖麻的人家几乎见不到了，我和姐姐说起当年事，她还记得我们当时的蓖麻是种在院子的西南角，那里是堆煤的地方。蓖麻一点也不挑剔，只是到了秋天，那根子又硬又难挖，大概入侵植物都是如此，一旦扎根，你赶也赶不走了。

植物书上说，蓖麻的种子，有些是漂洋过海传播的。我曾经在鼓浪屿的一个老宅里见到过一片蓖麻，这些岛屿上的移民，或许便是这样到来的也说不定。

欲看年华上菜茎

神农氏勇尝百草，是史前人类解决食品卫生事件最为悲壮的行动。那时候为了吃，一定送了不少条人命，族群最后才得以繁衍，而可食的菜蔬，也才得以进化，越来越接近今天的滋味。

农业社会，种菜乃头等大事，可是士农工商一分，有人就不种菜了。"晨兴理荒秽，带月荷锄归"，陶渊明老夫子也是退隐之际，方"种豆南山下"的，所谓劳心者治人，劳力者治于人，说白了就是搞脑力的管种菜的。

风水轮流转，如今想种菜的人不少，那原因当然不是"治于人"，而是吃得不放心，还有更好的说法：减压。不时看到这样的新闻：写字楼里开农场，都市白领种菜忙；

下楼码字是白领，上楼种菜当农夫。可见种菜已然成为风尚。

既然找块空地种菜成了"都市人的乡愁"，我也未能免俗，去新桥花市买了几袋土。山皮土、营养土均六元，加上三元一袋的黄沙，在院子里拌好，装了几个木箱子、塑料槽子，开始种菜。

2010年，生活在伦敦的年轻作家海伦·芭布丝，决定在公寓的屋顶种菜种花。没有任何园艺经验的她，从一个春天开始了"农夫"的生活。当她采摘了第一个自己种的樱桃萝卜时，竟然对要不要吃掉它进行了一番思想斗争，产生了一种异样的内疚，因为，这是自己花了那么长时间种植的东西。她把种菜经过写成了一本小书《我的花园、我的城市和我》，书后还附录了一份《种过的植物及生长情况》。

说来有趣，我也零星记录过我种的一些菜的情况：

香菜、水萝卜都长出来了，加上前段已经长出来的黄瓜、辣椒，阳台上满满的。

黄瓜刚刚分过盆，有点蔫。很快要爬藤了，弄了几根竹竿绑在铁艺栏杆上，不能超高，否则太难看了。

扁豆与水萝卜，一个往上爬，一个向下扎，都是为了生存。已经看到土中，萝卜在膨胀，当初种得浅，也太密，这个要深的盆子，但是移动不便，由它去吧。

鸡毛菜倒是生命力旺盛，说出来就出来，势不可挡，略显拥挤，可能需要间一下。

辣椒还只有尖尖角，黄瓜却已开花，有蜜蜂高空作业。浇过豆渣肥，可还没见结瓜。

小青菜正好够吃一顿，可是为什么也老啊。扁豆开花了，香菜稀稀拉拉，辣椒光长叶子，小葱还没发芽，我现在就指望小番茄啦，可是有点娇弱。水萝卜快收获了，小时候吃水萝卜，叶子一道吃，蘸酱较好。

这是唯一的黄瓜，花开无数，硕果仅存。仿佛当年的芒果，哪舍得吃啊，狠狠心，一剪刀下去，陈列了两天，还是凉拌了，皮老不堪啊。

……

种菜之不易，于此可知。加上酷暑、暴雨，对收获难指望。想获得成就感，比较难。就说浇水，早晚都要，少一次，就蔫给你看。

就性价比而言，买菜苗、种子，都不便宜，一个木箱子花了我一百大洋，买黄瓜可以买一筐。

中国历代文人，末世除外，都有强烈的进取心，一旦受挫，就牢骚不断。一部文学史，差不多就是牢骚话大全。辛稼轩之"却将万字平戎策，换得东家种树书"，一肚子的不合时宜。范成大的六十首《四时田园杂兴》差不多是最好的农村题材作品了，可惜是上帝视角，他自己是不在诗里头的。

比他们早的苏氏兄弟倒是为种菜事有过一次聊天，春旱，弟弟苏辙抱怨："久种春蔬旱不生，园中汲水乱瓶罂"，甚至"家居闲暇厌长日，欲看年华上菜茎"。做哥哥的苏轼，日子也不好过，"时绕麦田求野荠，强为僧舍煮山羹"。但是

"园无雨润何须叹，身与时违合退耕"，这哪里是谈种菜，而是在探讨人生了。

读书人最容易钻牛角尖，吟诗自慰，天悯穷途，种菜何尝不是一种修炼？

自来水时代，诞生不了二苏的诗。却说秋日菜园，农事暂歇，未收的丝瓜已经变得没有光泽，曾作一绝，抄了聊记："谁见空悬寒露里，枯藤老树日西斜，当时只道黄花好，不若三春种瓠瓜。"自注云：闽谚"人若在衰，种瓠仔，生菜瓜"。菜瓜即丝瓜也，足见丝瓜之贱。瓠瓜即瓠子，又唤夜开花、西葫芦者，其团且圆者，与冬瓜略似。徐文长《歌代啸》中引俗语："没处泄愤的，是冬瓜走出，拿瓠子出气。"文长居山阴，江南乡间，种瓠多有，故知此语。

此为种菜的收获，诗不佳，算是"劳者歌其事"，古人说的不错。

胭粉豆

　　冬天，上班的路上，看到一些好看的花儿，忍不住拍了下来，孔海珠老师在微信上见到后，说你怎么认识那么多的花？我回她，记这些名字我可是用了20多年呢。

　　这是实话。植物学当然不是我的研究范畴，但这并不妨碍我从少年时代便观察它们。说起来人对植物的喜欢，多半与童年有关。比如紫茉莉，吾乡唤作"胭粉豆"，小时候，家里栅栏边遍种此物，经年难忘。

　　这花自何而来，完全不清楚，和那道栅栏一样，仿佛从我记事起就在。栅栏我们叫"障子"，一条条巴掌宽的木板，天长日久，雨淋日晒，已成炭黑色。向日葵、鬼子姜长得高，黄色的花朵从上头探出来，胭粉豆生得矮，绿绿的叶、紫色的花自障子缝隙中钻出，活脱脱一幅水彩画。

这花得名是因为种子，绿豆大小，却是黑的，捏开来，里面是白色的脂粉，能否用，不知道了。有的地方叫地雷花，也是就种子而言，男孩子会捏了一把"地雷"去招惹事情，杀伤力却也有限。

汪曾祺80年代出了一本《晚饭花集》，那时候他的名气远没现在这么大。《晚饭花》一则写了一个少年的朦胧爱情，散淡而有生趣，小说里，这花恰似"孔雀东南飞，五里一徘徊"那样的起兴之笔。晚饭花即胭粉豆，因其开花时，恰晚饭前后。我家的胭粉豆年年盛花，夏天的夜晚，在院子里纳凉，鼻子里都是它的香，带着股药味儿。

我在水塔街住了16年，搬家那天，我却不在，回来时，屋子空空荡荡，只有紫茉莉开着。于是，《鲁拜集》里一朵黯淡的紫茉莉，伴我度过了在寄宿学校笼罩着乡愁的青春期。

怀乡病在吾国是一种流行病，某个时期还来势凶猛。其病状多与对味道、建筑、河流、月亮、云朵的思念有关，那大意一般是从前总是好的。

那年秋天到徽州，住在一个叫披云山庄的小旅店，内有假山，其间生满紫茉莉，香远益清，大慰余乡愁。摘了种子，放在一个小盒子里，春天种了一些。开始迟迟不见动静，梅雨时忽然破土，令我想起小时候，天天数新长出来的叶子之情景。

水塔街种紫茉莉的人家数也数不过来，以紫色为多，偶见黄色。它不怕折腾，当年我移了许多给同学，无不活者。白天里它们都在睡觉，太阳一落，纷纷盛装现身。等到上学时分，薄薄的花瓣又会闭上。它还有个名字，夜娇娇，可见是个喜欢过夜生活的家伙。

我的邻居门前有几株黄色的紫茉莉，本想讨几粒种子，但恐花粉相杂，作罢。那种杂色的，可真是不大讨人喜欢。

紫茉莉根极粗壮，生一两年后掘出，根块大竟如拳，色褐如石，栽在浅盆中，倒也别有味道，只是从此叶瘦花小，终究不如植根大地。

新种的紫茉莉甚是繁盛，秋来，其实四散，收了一些，思来春再播，孰料一场春雨过，草地上竟有百株幼苗破土，这算是促狭鬼对园丁的捉弄吗？紫茉莉的繁殖能力过旺，扩张欲又强，张牙舞爪，放肆生长，尽管黄昏时暗香袭人，但也有些恼人了，终于，园丁不得不考虑其他花草的感受了。

我最后只留下盆景。收的一饼干听种子，撒在小区里的几块空地上，第二年茂盛极了。至于乡愁，本来就是个形而上的东西。

都说回忆是老年的专利，吾国已深度老龄化，于是乎咸与怀旧。年轻时读何其芳的《画梦录》，颇爱《丁令威》一篇，盖此人可谓乡贤。这其实是《搜神记》里面的传说，记丁令威离家千年，化鹤而归事，"丁令威忽然忘了疲倦，翅膀间扇着的简直是快乐的风，随着目光，从天空斜斜的送向辽东城。城是土色的，带子似的绕着屋顶和树木"。然而，怀乡的尘念，终于破灭，他唱着"城郭如故人民非，何不学仙冢累累"，翩然辞去了。丁仙人还算幸运，至少故乡的屋宇路衢还认得出，如今在地产商的大手笔下，十年之内，你的故居可能就成了香榭丽舍名邸之类，而且断不会种紫茉莉这么乡气的花。

偶翻50年代北京植物园编辑的《华北习见观赏植物》，知紫茉莉原生美洲，名字在拉丁文中为奇妙的意思，并说

"种子中的胚乳干后，加香料碾成白粉，可作妇女装饰品"。看来吾乡"胭粉豆"一名渊源有自。书里有一页紫茉莉的图，细致入微，色彩鲜艳，只是显得过于华贵了。就如少年时，水塔街是天堂，但你若把它画得太美了，我便不容易认出它。

狄金森有诗曰："要造就一片草原，只需一株苜蓿一只蜂。一株苜蓿，一只蜂，再加上白日梦。有白日梦也就够了，如果找不到蜂。"这个美国女人的心胸如此宽广。我以为，对于故乡的回忆，有一棵简单的紫茉莉就够了。

紫式部的背影

　　一般游京都的人，不会去庐山寺。此地名寺多矣，金阁、银阁、清水、东西本愿等等，庐山寺且僻且小，能看的，是一个桔梗庭院。

　　这个庭院却是不凡，它的另一个名字叫源氏庭园，是紫式部写作《源氏物语》的地方。庭园为枯山水风格，白色的砾石，环绕着星散的青苔，青苔上则是一簇一簇的桔梗，开着暗蓝色的花，有一种不可言说的静谧与高贵。

　　说来奇怪，少时初识桔梗，却并未觉得它有多雅致。北方的山上，夏天里，桔梗是很普通的花，向阳处多有。其花单层五瓣，颇似铃铛，故又称铃铛花。桔梗的宿根可入药，亦可作为日常食用，挖出来后，以铁锥挑成丝状，拌以辣椒酱及盐，腌制数日便可。这是朝鲜族的经典美食之一，好吃极了，人称"狗宝咸菜"。但据说，这是日语中牛蒡一词的发音，因桔梗口感、形状与牛蒡相似，一些日本人便将其称为"狗宝"，久误成习了。

东北的菜场里，狗宝咸菜堪称明星，印象中，它的流行，是80年代中后期，彼时商品凭票供应的局面基本结束，出现了自由市场这样的新词。市场上吃穿用一应俱全，咸菜的品种也不再是萝卜、雪里蕻了，朝鲜族的辣白菜、狗宝咸菜就这样进入城市的餐桌。不只是在菜场，下班时间的街头巷尾、路灯下，也常能看到有人推着小车，玻璃箱子里是十来种咸菜，上面用红漆写着"朝鲜小菜"四个字。下班的人停下自行车，买上一两样，晚餐就有滋味了。这样的场景，不时可见。

但如果你问一位爱吃狗宝咸菜的东北人，桔梗花长成什么样，回答多半会让你失望，毕竟，不是每个人都对植物有兴趣。美国人迈克尔·波伦在《植物的欲望》一书中，将那种对花完全不感兴趣的表现称为"花神倦怠"，在他看来，这是一种疾病。

桔梗的花期由夏至秋，花色多为紫蓝色，也有白色的。

据柳宗民云，日本的桔梗，是从中国传入的，自古便被种在花园里欣赏，"最得秋韵"。不过，早先，在紫式部生活的年代，它的名字叫朝颜。《源氏物语》中，便有一位名为朝颜的女子，或曰，此朝颜为木槿。"朝颜"指的是一个大类，并非特指某一种花，我私心里希望它是桔梗，试想，紫式部执笔书写那部浪漫的作品之际，庭园中桔梗正开，作家伏案久了，小园徘徊，是何等美妙的意境。

在庐山寺，我坐了许久。一位现代日本作家说，观赏庭园，时间很重要，不同的时间，可以发现不同的美。那天寻到此地，已是午后，阳光斜射于紫蓝色的花朵之上，除了木地板上偶然的脚步声，静极了。

曹雪芹著《红楼梦》处今已不存，如果这个地方存在着，人站在那里，该是怎样的百感交集。不过，如果有这样一个地方，会种些什么样的植物？菊花还是海棠？红学家们喜欢把他想象成一个贫病交加的人，"全家都在风声里，九月衣裳未剪裁"，仿佛不如此便无法写出伟大的作品。如果这个地方存在着，那里一定会宣布为5A级景区，游客如过江之鲫也是一定的。

犹记 80 年代，人民文学出版社出版了丰子恺译的《源氏物语》，文字的古雅自不必说，秦龙的插图简直可以用惊艳来形容。十几张彩图，笔墨秀润淋漓，尺幅万里，仿佛古代的壁画，堪称少有的插图佳构。后来得知，画家早年就学于美院壁画专业，这就难怪了。在庐山寺，意外购得一部《源氏物语绘卷》，作于小说问世后半年左右，距今 900 多年了，据说原本近百幅，相当于连环画，今仅存 19 幅。感觉秦龙的作品颇得其神韵，尤其是人物的眉眼，宽袖大袍、夸张的长发，如出一辙。这是中日美术关系的一个有趣的现象。

　　每年冬天，在北方，还会买得到新鲜的桔梗根茎，许多人家都会自制咸菜，每家的口味绝不相同。如果图省事，超市里有真空包装的可买，只是价格远非当年路灯下或自由市场那般亲民了。而美丽的桔梗花，花店里却看不到。上海这几年有一种"洋桔梗"卖的较多，但如果查一下来龙去脉，它的别名字却露出了马脚：草原龙胆或德州兰铃，与桔梗分属不同的家族，看来想要亲炙蓝紫色的美学，恐怕只有在自然之中吧。

铁树开了花

一个城市只有一棵铁树，你相信吗？

70年代的某个夏天，铁树开花的奇闻如最新指示般传遍全城。开花的铁树在吾乡白塔公园，公园里每天人来人往，这个小花圃却少有人问津，我有时会进去转转，见过那棵铁树，但我担保，注意过它的人极少。"千年的铁树开了花，万年的枯枝发了芽"，那还了得！于是，一城的人涌进公园，我当然躬逢其盛。不过，摩肩接踵的人们多半失望地离开，他们见到的，"就是一根大苞米啊！"

铁树学名苏铁，其雄花确如玉米，这是我后来从书上读到的。但休怪看花人无知，在一个生活平淡得波澜不惊的地方，即便是那座耸立了800年的古塔，也未曾见过铁树开花。这个新闻还上了市报的头版，依稀记得说铁树开花为自然现象，并非凶兆，不必担心云云。

我第一次发现铁树并不稀罕还是在上海植物园，时值冬季，裹着稻草，或正或斜，有数十株之多。做了防冻处理，说明此树不耐寒，是故在北方，它娇生惯养在温室。

有年十月，在三亚的七仙岭住了几日，此地植被茂盛，仿佛一个巨大的热带植物园。晨起散步，沿路的树木大多叫不出名字，只有椰子、棕榈、槟榔、芭蕉、铁树、旅人蕉这些还认识。在这样的纬度，铁树就更谈不上珍稀。

如果站在温带的立场看，这些都是"归化植物"，移民群体，虽然尚未漫山遍野，但至少活了下来，只是它们看上去，与土著是那样的不同。不过，沧海桑田，谁知道是否有一天，会出现反客为主的局面呢？

铁树虽然离开了热带，但"模子"还在，一般人家的客厅、阳台很难容身。倒是不少写字楼门口会摆两盆，看中的是一个"铁"字：铁将军把门，此外便是耐旱，可以偷懒，不必每日打理。

上海的街上，铁树、棕榈是寻常见的，近年又多了非洲的加纳利海枣，但毕竟只是点缀，并不能令人产生置身于热带的感觉，一直要到冬天，它们被草垫包扎得严严实实，人们才意识到原来这是一群外人。

十多年前，我在花市上买了一棵铁树，说一棵太夸张，其实是一个与洋山芋差不多的小球，种在一个紫砂盆里，随后便是不断换盆，最后只能种在地上了。

每年，铁树都会抽出新叶，起初是蜷曲的，柔软的，还没有沾染了尘埃的那种亮绿，不消几日，这些羽状叶便成为坚硬的针刺。

据说一株铁树可活200年，种十余年可以开花，不过，我这株不施肥的铁树，要开花，恐怕要100年吧。但是去年，小区里的铁树却开花了，一雌一雄，堪称奇观。只是院子里来来往往的人，似乎没有谁注意到了铁树开花，也没有什么报纸、网站来报道。倒是这一年冬天，街头的加纳利海枣冻死了，我在电视上看到了一条新闻。

1920年，绍兴人周树人在西安见到木槿花，萌生了写一部唐代故事的念头。人就是这样，一旦你爱上了植物，你总是会把植物和某些地方连在一起。别人可能是美食、是山水，而你是一棵不起眼的花。周树人先生被木槿打动，多半是因为这粉色花的气质，少半是因为北平不那么容易见到。即便他的博物学知识渊博得超过常人，也难免"少见多怪"。

法国小说家罗伯－格里耶死了10年了吧，30年前看过他的《橡皮》，里面有一段关于番茄的描述，感到这必是一个对植物有研究的作家。后来知道他居然是农学院毕业的，且曾供职于殖民地的热带水果研究机构。晚年时他在诺曼底的花园中有一个温室，养了许多从世界各地搜罗的仙人球，可见积习难改。

近现代旅行的兴起，使人可以不只是从植物图谱上认识不同区域的植物，植物学素人也以一知半解的姿态记录、传播着自己的见闻。另一位法国人纪德20世纪20年代曾有过一次非洲之行，在他的《刚果日记》中，记录了很多热带植物，但他经常表示，"这些树木我都不认识"。

在我们年轻的时候，贩卖一些植物学知识是件时髦的事情，什么三叶草、凤尾竹之类。厦门诗人舒婷写过《日光岩的三角梅》，令人神往，人到中年的北方读者到了鼓浪屿，才知道三角梅是再普通不过的植物。

如此说来，万人空巷，看一株开花的铁树，也没什么难堪的，毕竟你没有生活在热带，去一趟公园，与去非洲相比，是一次丝毫没有危险的事情。

危险倒是潜伏在修辞学里。《敦煌曲子词》中有一阕《菩萨蛮》，其中列举了若干分手的可能："枕前发尽千般愿，要休且待青山烂。"这个西北女子是幸运的，虽然铁树是地球上现存的最原始的种子植物之一，但幸好她没有将"铁树开花"写进去。

长夏长

孟夏草木长。

酷暑难当，空调的冷气里，人仿佛一尾失忆的鱼，在书房、卧室、洗手间迷茫地穿越。

天一热，种花真成了负担，朝灌夕溉不说，还要给月季、栀子等喷药，清扫香樟、紫藤、冬青的落叶，诸如此类，疲于奔命。

金银花二度盛开，香气毫不客气地盖过一树合欢，蜀葵到了尾声，叶子生了虫，无精打采，不过，颗颗梅子倒是顽强地挺了过来，而且一天天泛黄。

梅雨来临之前，在路边摊买了几棵锦葵，倒也开了些时日，不想最后完全倒伏。某年自浙西山中移紫苏数株，自此不绝，路旁屋角，一生便是一丛。石槽中睡莲将开，馋猫偷袭红鱼，殃及莲叶，最后竟折断花苞。但肥硕的吴风草却生得好，阳光直射时，它会蔫，待日落，它又茁壮了。

爬山虎的叶子长得很快，梅雨初至，有的时候待在楼下会听到窸窸窣窣的声响，你还以为是雨来，小雨点滴在树叶上，其实是爬山虎在开花，那花的外面有一层薄薄的碎屑一样的东西，挥挥洒洒。

柳树成行，蝉亦成了气候，几个夏天了，蝉鸣几为叫醒服务。古人谓："蝉噪林逾静"，得是身处林子，还须足够深远，换了城中的院子，哪有什么静可言。

七月七日小暑，外祖母活着的时候一准说："小暑不算热，大暑三伏天。"我的二十四节气常识，都是在她老人家年复一年的絮叨中记牢的。此地小暑，与吾乡异，多了个黄梅，溽热难当。今年的小暑在一场暴雨中到来了，雨住已黄昏，没有太阳，暑气暂消，剪天竹一枝，插剑山，影斜粉壁，不开空调，竟能睡一个好觉。

野老生涯是种园，

闲衔烟管立黄昏，

豆花未落瓜生蔓，

怅望山南大水云。

此知堂《苦茶庵打油诗》，收《立春以前》，自注云："夏中南方赤云弥漫，主有水患，称曰大水云。"是诗末两句大好，非有种园经历不能得也。却说今夏上海水云亦多，然常常是密云不雨，灌园叟苦矣。有时在外，见天黑如泼墨，骤雨来袭，自忖又可偷闲几日，孰料归启柴扉，竟寸土未湿。所谓"六月雨，隔牛脊"，方圆不过数里，阴晴有异也。

火星花日里星星点点，天黑时在下面发现萤火虫。酢浆草丛中也有发现，这时节的酢浆草多半为日头灼伤，不过萤火虫不在意。

夏化绚烂，不是什么花都可以如此形容。所种诸花，绚烂者有三：九重葛、硫华菊、草茉莉。前一种为木本，后两种为草本。九重葛即三角梅，这种在热带遍布大街小巷的花，在上海还比较娇气，不耐寒，花期却罕见的长，伏天里自顾自地开，哪管什么酷热。我在阳台上放了两盆，花下喝茶看书，假装在巴厘岛度假。硫华菊橙黄色，三四月播种，其高过膝，整个夏天漂亮极了。我的种子有自北方采集的，也有从无锡马山脚下得来的。草茉莉又叫胭粉豆，因为揉开种子，里面都是白色粉末。宿根，种一年便不绝。其色紫粉，但较三角梅却暗了些。小时候看到过，黄色花也不少，还有杂色的。说来像忆苦思甜，从前哪里有花市可以去，养花的都是和人家讨种子、扦插，且无非是些家常草花，不过，今天回忆起来却有种温馨。

硫华菊和草茉莉日有新花绽放，花靓且繁，路人或有折者，园丁却不怒不愠。关于折花，少年读词，颇喜蒋捷的一阕《霜天晓角》：

　　人影窗纱，是谁来折花？折则从他折去，知折去，向谁家？檐牙，枝最佳。折时高折些。说与折花人道：须插向、鬓边斜。

每读辄思，这花的主人真不错，人家折了他的花，非但不恼，还告诉人家哪一枝好，折了如何戴。如今年纪大了，方知这是何等超然之境界。种花的意义是什么？这是个傻乎乎的问题，折花者，因为美而不可自持，而不论那花在何处，不都是一种欢喜吗？

　　夏日悠长，这么想着，夕阳下浇着水，有蝉从天而堕，一息尚存，也是有意思的事情。

焉得谖草

19 世纪日本学者细井徇与京都一带画工撰绘的《诗经名物图解》是一本有趣的书，凡《诗经》中之草木、鸟兽、鱼虫，均一一图之，晴窗展读，实在是清雅之事。

没翻多久，便见到了熟悉的萱草，下面印着《卫风·伯兮》中的句子："焉得谖草，言树之背"，恍然大悟，从前囫囵读到的谖草，原来就是萱草。

种萱草几年了，一丛浅橘色，一丛略紫。夏日里与鸢尾、唐菖蒲次第开放，花期虽不长，但毋需格外照料。此花喜阳，亦可半阴，然过阴则不花。

我这些年养花，全不管园艺手册之类的建议，亦不论名贵与否，多择早年便认识，甚至种过的品种，萱草也是这样子。

30 年前，余随家父登小山，丛林下初见此花，灿黄可怜，家父语余，此金针菜，生食有毒。越数年，偶见标本，知此花即古之所谓萱草也。

唐孟郊诗："萱草生堂阶，游子行天涯；慈母倚堂门，不见萱草花。"盖旧时母亲所居处，常植萱草，称萱堂。这说法是否就从《诗经》起，不敢说，《卫风》中的两句翻作今天的话大约就是：我到哪里弄到一支萱草，种在后庭院？"背"即北堂也，是母亲居住的地方。要之，萱草是一个具有中国文化意味的意象。

是故，以绘事而言，中西差异甚夥。金冬心似乎比较喜欢画萱草，我见过他四张《萱草图》，竟都题了同样的诗："花开笑口，北堂之上，百岁春秋，一生欢喜，从不向人愁，果然萱草可忘忧。"而萱草姿态则各不同。西方有职业的植物画师，如法国之约瑟夫·雷杜德，《百合之书》中收有其精美的图画，不输后来的照相术。但看他所画萱草，无非就是一幅"橙色百合"的写真罢了。昔年曾见闽籍画家郑乃珖氏所绘萱草，工笔重彩，华丽雍容，造型之准，不输西人。

我那时年轻，颇喜欢这一路的东西。及渐长，却更爱金冬心这种随手涂抹，甚至有些萧索的笔意。

萱草与花市中常见的百合花同为百合科植物，在南方的菜场里，有百合的球根卖，与芹菜或白果同炒，是一道不赖的素菜。伏天则与绿豆同煮，食以消暑；而萱草供人食用的却是没有开放的花朵，这样想想，倒是有些怜惜此花了。忘忧草、疗愁花，一株小花，解语如是，令人唏嘘。书呆子蠹书忘忧，若非那次登山，知其便是金针菜，还真要一直蒙昧着。

时维腊月，序属隆冬，小园匍匐得乱蓬蓬的常青藤中，颇难辨出萱草的踪迹，老杜在唐朝的某个腊日有诗云："侵陵雪色还萱草，漏泄春光有柳条。"这或许可为唐代长安气候变化的诗证，也或许是他见了天子后心情大好以致眼中出现了幻景。但春回大地，萱草的确是宿根花卉中叶子出来最早的，入夏，作为先行者的它便悄然开放，一身朝露，且待日晞。

父亲的花

父亲一生也没有养过一盆名贵的花。

读高中那年，家里搬进公寓房，那时的房子，没有客厅，阳台在北门，南面卧室倒是有极好的阳光。父亲不知怎么就开始在窗台上养起花来。

从前说，铁马金戈塞北，杏花春雨江南，北地男人，粗犷起来气势如虹，但若是莳养花竹，却没了耐心。父亲这时人方中年，比现在的我还要年轻几岁，大约是一直忙着养家，如今孩子大了，心情也放松了些吧。

我没和他探讨过他喜欢哪一类的花，只是发现，他对那些鲜艳的、热闹的花似乎兴趣不大，偏爱素雅一路的，不开花，长叶子的也好，甚至连叶子也没有的山影拳，他也喜欢。

他养的最好看的一盆花是马蹄莲。那时候我们是从一张著名的新闻照片上知道这个花的，有人手捧着一大束，站在飞机前面。父亲养的，只是开了两枝而已，他却宝贝得不得了，记得我还帮他拍了一张黑白照片。

他养了茉莉，确是满室生香，摘了花瓣，放到茶叶罐子里，可惜那时我不喝茶，所以茶叶的味道如何，全无印象。

他养得最为艰难的花是一盆栀子。栀子花南方多有，北方却少见，是故南方的卖花声，北方人不曾听闻，"闲着庭前栀子花"这样的句子，只觉其美，为什么"闲着"却难以领会。

自从父亲把栀子花搬回家，我便天天看它，差不多生了一片叶子都清清楚楚。花开馥郁，父亲却更盼来年。他从报纸上看到，此花喜酸性土壤，而北方的土偏碱性，于是和人家讨来硫酸亚铁，稀释后用来浇花。结果水流到卧室的水门汀地面，铁锈般的颜色擦也擦不去，母亲为此和他吵了一次。

我是他养花的支持者。帮他买了一本水利出版社的《家庭养花》，他奉若宝典，反复研读，夹了很多纸条，还把从报纸上剪下来的文章贴在里面。那时候东北兴君子兰，他也弄了几盆，每天爬起来就盯着看，旁若无人。我现在还保留着他用铅笔记在纸上的"花经"：

> 春城短叶，用黄技师、圆头和尚、油匠、小白菜反复杂交而成，最好是用技师与小圆头杂交，然后再用黄技师杂交一代，可致叶短而宽；花脸短叶，用几种颜色不同的短叶君子兰远亲杂交；黄技师，以青岛短叶做父本，大胜利做母本。

透过这些笔记，老父亲戴着花镜为花不倦的神情历历在目。

他退休后，有一年我们去虎丘，剑池一类的景点，似乎提不起他的兴致，见了里面的盆景，却挪不开步子。反复端详，称赞不已，说养花如此，才算是真养花了。回到上海，他买了一小盆大花假虎刺，这花我还是第一次见，茎有刺，对生的叶子油亮亮的，当时并未开花。他告诉我，卖花人和他说，假虎刺冬天不落叶，花不大，是白色的，很香。大一些，可以修成盆景。记得我当时感叹道，那得长多少年啊。

不过，他回到北方，并未开始做盆景的梦，还是继续养他的几盆六月雪、蟹爪兰之类，只是每次见了我，都会提起盆景。

母亲和我说，给父亲换衣服，总能从口袋里翻出一些种子或者小石子之类，他就是保持着自己这些简单的快乐。

他最后一次来上海，身体很虚弱，恰好虹桥路上的山茶开了，我以为他一向不喜欢如此艳丽的花，却不料他开心得很，凝视了好久，还问我茶花在北方可以长得好吗。我们一起去花市，他给我买了一盆小小的银杏盆景，大概十几块钱，随便栽在一个深蓝色的瓷盆里，却很精神。我养了几年，后来不知怎么死掉了。那时父亲也走了几年了，我把花盆洗干净，放在书柜里。

那棵大花假虎刺活得却很好，换了两次盆，但也只有拇指粗。每年开一次白色花，花五裂的也有，六裂的也有，很香，但比栀子花的味道淡。据说花后结浆果，可食，我养的却从未结果。

父亲当年养的栀子花谢时，我夹了几片花瓣在《法国近代名家诗选》里，此书译者范希衡，已经绝版多年。诗的选择与翻译都很特别，每位诗人的小传也好，我就是从这本书中第一次看了波德莱尔和魏尔伦的诗。在介绍17世纪的抒情诗人马莱伯时，译者说他避免写主观情感，自己的女儿死了，哭得非常伤心，却没有为此写一句诗。这个话，我一直记得很清楚，且不从理论上去讨论，我是颇能理解的。

这么多年了，我也没有为父亲写过什么文字，我心里知道，自己一直在念他。

鸡冠小记

草花里面，鸡冠花算是最贱的一种了吧。这么说，全因为它随处可生，应时而开，经霜不凋，无须人太多的照拂。

但鸡冠花之美，却非别的什么可以替代，人家门前、小院里，只须有那么几棵，便生机勃勃，透露野性之美。宋人孔平仲深谙此道："幽居装景要多般，带雨移花便得看。禁奈久长颜色好，绕阶更使种鸡冠。"

我的鸡冠花，种子来自东北。某年深秋，和母亲一起散步，看到一丛鸡冠，萧瑟中生得丰腴艳丽，甚是可爱，母亲说，等籽熟，采些给我。过年的时候，种子到了，母亲把不同株上采集的分了几个小包来装，还在电话里说，她都是挑那些花开得最好看的。

北方的居民区，楼间空地上，到处是玉簪、凤仙、鸡冠、夜来香、雏菊、西番莲、硫华菊、美人蕉这些，四季中此起彼伏地开，似乎每幢楼里总有一个爱花的人。这些花有些是当年生的，有些是宿根的，像鸡冠，秋天时，种子自播地上，冬天，白雪皑皑，什么都看不见，春天一到，芽就冒出来了。

我把鸡冠花种子撒在院子里，上面也没压土，大概是这个原因，凤仙花早就生了四片叶子，鸡冠还未萌芽。

鸡冠花的幼苗透着胭脂红，七月，长到尺把高便到了开花的时候，这时候，唐菖蒲、千子莲、绣球都开过了，无花果已经有了青果子，正是"开到荼蘼花事了"时分。

第一年因为种得浅，开得零零碎碎、高高低低，剪了一些短竹竿插在边上，缚以麻绳。但总是不如邻家的苗壮，如一只只矮脚鸡，莫非是"逾淮而为枳"的定律？明高濂《燕闲清赏笺》云："鸡冠有扫帚鸡冠，有扇面鸡冠。"又云："下子时，撒高则高，撒低则低也。"清曹溶《倦圃莳植记》云："盛扇撒之则如团扇，散发撒之则成璎珞。"我疑心都是不靠谱的说法。

养鸡冠看似简单，实则不然，浇水自不必说，还要勤摘败叶，否则便不精神，难堪赏玩。莳弄花草，说到底还是个需要心力的事。掌故大家郑逸梅早年居吴门，曾于庭除植此花，每年结籽，妻子便收在首饰盒里，留待来年春天播种，后迁居海上，"讨生活于鸽笼中，无复有此闲情逸致矣"。这确是大实话，物欲横流的都会，焉有鸡冠花立足的地方。

有一年秋天，去乌镇看戏，已是霜降节气，旧巷行走，一爿店前见到几枝鸡冠，颜色似乎比夏天更艳，叶子也由绿转为暗红，衬着油漆剥落的木门，如一张老纸上的画一般。《长物志》上说，鸡冠花"仅可植广庭，若幽窗多种，便觉芜杂"。这当是就色彩予人之感觉而言。鸡冠花颜色艳丽，几枝便颇抢眼，齐白石善画此花，每图亦不过三两枝，那西洋红已有夺目之效。林风眠则一画便是满满的一花瓶，填满画幅，密不透风，此西洋审美，与中国画殊不同也。吾乡蒋振涛君，善画鸡，少时曾与游。时辽东沈延毅翁为其题"大吉图""双吉图"若干，余方知鸡与吉通，犹"三羊开泰"之羊与祥通也。中国文化有这么多名堂，鸡冠花为画家喜用的材料，便顺理成章，只是"冠上加冠"的寓意，对于蒲柳人家，许多时候倒不如出入平安那么实在。

每翻古书，见那么多咏鸡冠花的诗，我常想，植物的名字都是谁起的呢，或依形态，或依习性，还有不少与动物相关，马齿苋、狗尾草、鸡冠花，这些植物，终生与一种动物相连，它们之间却没有亲缘关系，这不过是人类给它们的记号，供以区别、想象、游戏，以证人类是绝对的万物主宰。

那年母亲来南方小住，时方初夏，鸡冠还没开花，老人家颇为惊诧，说是土不好，否则怎么会又矮又瘦，说等回老家再去采些种子寄来。今年初，老人家离世，整理她的东西时，发现一包鸡冠花的种子，我喜欢的事情，她居然一直记着。

芦荟与中年

年轻时读鲁迅《朝花夕拾》，至《藤野先生》，见到这样好玩的说法：

> 北京的白菜运往浙江，便用红头绳系住菜根，倒挂在水果店头，尊为"胶菜"；福建野生着的芦荟，一到北京就请进温室，且美其名曰"龙舌兰"。

鲁翁浙江人也，后久居北京，作此文时，暂居厦门，可见这一番议论的基础，皆日常生活经验也。

这一年他47岁，人到中年，平生第一次南下，远离帝都的阴霾与饕蚊，岭南明丽蓬勃的风物必使他感到新鲜。他向不屑作游记，这种记忆却零碎植入杂感、随笔中。

昨天并不遥远，我这一代人虽无饥馑的经历，却对物质的匮乏印象深刻。我是吃白菜长大的，但不知芦荟为何物。

说起来是上个世纪的事了，有天，我妈拿回一棵绿绿的、肉乎乎的植物，我始知芦荟是这般模样。

她老人家将花入盆，覆以黑土，小东西日生夜长，很快便一尺来高。妈说，芦荟净化空气，治百病，在厨房给油什么烫了，"用芦荟擦擦就好"，如何如何，神了。

我渐渐发现，许多人家的阳台上都有了它，或许从前是没留心吧，但这个异邦新丁，人缘怎么会如此的好？莫非是代表了我们对美好生活的向往？

植物学告诉我们，芦荟药用的历史不短，古埃及、古罗马历史的缝隙中，一带一路之上，都曾掠过此君的绿影。日本的芦荟是从中国传入的，但不知是和唐诗还是宋词一道。

芦荟家族不小，有木立、库拉索数种，我妈如数家珍，我始终没有完全弄清。一时，家中芦丁兴旺，妈忙着分送亲戚邻居，传播芦荟主义。于是芦荟便随我乘飞机"驾到"上海，过安检时，恐其受射线辐射，后来证明担心是多余的。

芦荟命贱，分蘖即活，然植株较难粗壮，若浇水不及时，叶片自下先枯，此时，需从顶尖削断，风干后另插新盆，一分为二，我妈把这个过程称为砍头。砍头不要紧，只要根子深，小芦终可成资深老芦矣。

我曾把一株芦荟养到一米来高，叶片肥大得有手掌宽，暗绿之上仿佛有一层薄霜，人见了，以为是龙舌兰，这两个东西，委实相像。

鲁迅翁有一张酷极了的相片，自题"我坐在厦门的坟中间"，印在他的著作《坟》的前面。喜欢凭吊荒冢，并拍照留念，他的趣味确与凡人异，这些，鲁学家们已经阐释了许多，但我关心的是，照片前景的那些植物是什么？

或曰：龙舌兰。但我看来，也有几分像库拉索芦荟。拍照那日，他给恋人许女士的信中写道，"今天照了一个照相，是在草木丛中，坐在一个洋灰的坟的祭桌上，像一个皇帝，不知照得好否，要后天才知道"。并未言这草木的名称。

有好事者揣测，他是喜欢那里的龙舌兰，更有人精读了《藤野先生》中的那段话之后，认为鲁迅把芦荟与龙舌兰搞混了，因为在福建，芦荟又称龙舌草，而龙舌兰被称为番仔芦荟，鲁翁初至闽南，语言未通，错认龙舌兰为芦荟了。对此，我是有疑问的，鲁翁的植物学知识，大大超过一般人，1930年，他翻译出版了《药用植物》一书，其中便有"芦荟"条目，那么，写作《藤野先生》的1927年，这书的翻译工作应该开始了吧，至少，书总是看过的吧。

我第一次去南普陀，还是90年代，那里已经没有了坟，也没有龙舌兰，更不见芦荟。不过，芦荟也好，龙舌兰也罢，它们剑一般的叶片，张扬、矫健、有力，倒是颇能获得中年鲁迅的青睐。

《药用植物》的作者是日本人，其中说芦荟"叶片肥厚，含蓄着多量的汁液"，可为泻下药。泰国的芦荟胶，传说纯度高，有杀菌、护肤之效，我也曾买过不少。芦荟汁也曾在什么地方的餐桌上品尝过。在台北一家酒店的自助早餐上，我还吃了几次冰镇的芦荟，据说是养生的佳品。

作为移民的小芦生生不息，已经繁衍数代，子孙不绝。芦荟喜阴，偏偏连年酷夏，害得我搬上搬下。好在天道酬勤，有一年它竟然开花了。

鲁迅住到虹口大陆新邨，也在院子里种了花，他是否养过芦荟，无从查考。我最近一次到厦门，在他曾经的宿舍里面，看到墙上印着他的那段话：

> 我沉静下去了。寂静浓到如酒，令人微醺。望后窗外骨立的乱山中许多白点，是丛冢；一粒深黄色火，是南普陀寺的琉璃灯。前面则海天微茫，黑絮一般的夜色简直似乎要扑到心坎里。我靠了石栏远眺，听得自己的心音，四远还仿佛有无量悲哀，苦恼，零落，死灭，都杂入这寂静中，使它变成药酒，加色，加味，加香。

正是：酒味薰人欲破禅，心情其实近中年。这样的危机，现代人都会生的一种病，在他，又夹杂着关于社稷的绝望与苦闷。

他捻灭了烟，一走了之。

我不必坚持那是芍药花

上周下班经过花市，买了四株蜀葵，养得很好，有好多花苞。仍如往年，种在西窗下。花开恰端午，三株红色，一株白色，倒是应了它端阳花的别名。

蜀葵原生于蜀地，然而似乎各处皆有，余少时，北方亦习见。说来有趣，许多年里我们都把它叫芍药。

水塔街院子最大要属杨媛家的，就有那么一片"芍药"，种在玉米地之外，总有上百株吧。每年夏天，一堆的红与粉与白，高过人头，缤纷耀眼。我的看花方式有三种：其一，从杨家前院走到后院，可远观可近亵玩；其二，从杨家院子另一侧相邻的李侠家的窗户，看得见嘤嘤的蜜蜂；其三，从胡同的墙上，这墙不知何年何月被抽走了两块砖，我每天上学经过，都从缺口往院子里瞧一眼，所以，我总是知道那花是从哪一天起开的。我觉得，从这里看到的景象最美，最刺激。多年之后，我才意识到，我从这个取景框看到的不就是一个 16∶9 的画面吗？

又多年之后，我见到了真正的芍药，且知道了杨家院子这一大片的花叫蜀葵。于是童年的回忆之路多了一个 bug（缺陷）。

德国学者阿莱达·阿斯曼的《回忆空间：文化记忆的形式和变迁》一书中记载了这样一个案例：俄裔作家玛丽·安汀回忆童年情景时，谈到曾经将罂粟花误认为是大丽花，但她说，"我必须坚持那是大丽花，只有这样我才能为我的回忆挽救那个花园。我已经在那么长的时间里相信它们是大丽花，如果让我想象那些墙头上的色块是罂粟花的话，那么我的整个花园就会分崩离析"。阿斯曼指出，这种基于心理生理经验的强烈情感记忆是不容更改的，更改了，就等于没有留下任何东西。

我不用坚持，我的水塔街"花园"本来就有数不清的小径可抵达。

蜀地少晴日，蜀葵却喜光，在日照欠佳处，便无精打采。书上说它是两年生草本，其实可活不止两年，但花色却还是第一年的好，次年花不只小，亦不繁。

唐代的岑参在四川做过官，遇上心情不好，曾作《蜀葵花歌》："昨日一花开，今日一花开。今日花正好，昨日花已老。"后面还有几句，及时行乐的意思，不抄也罢。实则此花也不止可看一天，要是就花期而论，总有半夏之久。

但是蜀葵极易生虫，一旦病，则年年病，叶子打卷，最终黄落不堪。它的另一个缺点是易倒伏，雨季土软，风大一点，就弯下来。也是因为生得纤弱，你不能指望一种花又柔美，又像竹子一样硬朗挺拔吧，何况画家们为其写照，多取欹斜之态呢。

秋葵、锦葵、蜀葵这几种同科的植物，这些年都种过了，也就时不时发现美术史、文学史中的一些误会。若干年前，博物学家贾祖璋先生曾考辨葵与向日葵花，云古文献中的绝大部分葵都与向日葵无关，向日葵17世纪初方由美洲传入中国。如此说来，司马光之"更无柳絮因风起，惟有葵花向日倾"，极有可能是对蜀葵的描述。熟悉此诗的读者，是否需要刷新一下脑子里黄澄澄的诗情画意呢？

至于芍药，这些年也种过几丛，开一年，有情含春泪一景也算见过了，却再未开过。

上博藏了唐寅某年端午作《蜀葵图扇面》，又有明人王维烈之《花卉册》，其中有萱草、蜀葵、绣球、月季，都是我喜欢的花。可惜这些画，我等无缘见到真迹，幸有权欣赏珂罗版。唐、王都是苏州人，没有张冠李戴，足见那时蜀葵已经在江南落地生根了。

南国初夏，在台北，我见到了大片的蜀葵，于士林捷运站附近的一个街口，红与粉与白，高与人齐，种花的人细心地给每株花挂了标明颜色的小牌子，又给每一株绑了一根防倒伏的小棍子。那一刻，我心狂喜，自从水塔街消逝后，我还以为再也见不到一般无二的蜀葵了。

藤荫杂记

炎炎夏日，有片藤荫是极好的。

种了两株紫藤，平时也不怎么理它，清明一过，便一串串开出来，如紫玉般。花过叶生，一年密过一年，藤干也渐渐有了苍老的感觉。

藤架的周围，是一些大大小小的盆景，菖蒲是不喜欢晒太阳的，天竹也差不多，刺柏和榔榆、松倒是要见光，麦冬和肾蕨就种在藤根边上，铁线莲、茑萝还是沿着墙攀爬吧。

紫藤生得快，不消一个礼拜的时间，繁花密叶一层层，"自非亭午夜分，不见曦月"。而生在下面的叶子，遂变黄摇落，每天早上都要扫出许多。

奈良之春日大社紫藤甚有名，我去的时候，正逢冬天，未见藤花，却也见了人家修剪的技术。这些藤架不高，没有过长的、零乱的枝蔓，可见修剪之勤。回到上海，我便也爬上自家藤架，大加砍伐，如此一来，春天的花便稀了不少。

苏州拙政园的紫藤花，我是见到的。此藤为文徵明手植，唤"文藤"，历经兵火、冰霜，开了几百年的花，这实在是个集合了植物学与美学的奇迹。

上海本地嘉定有紫藤园，我是在电视新闻里面得知的，乃数年前一个日本人引进，有上百株之多。似乎日本的紫藤文化颇为悠久，《枕草子》《源氏物语》中都可见对它的描述，《源氏物语》第三十三卷《紫藤末叶》中便有几处。作者在描述内大臣欲将云居雁许配给公子夕雾时这样写道：

> 时值四月上旬，庭中藤花盛开，景色之美，迥异寻常。坐视其空过盛期，岂不可惜。于是举行管弦之会。夕阳渐渐西沉，花色更增艳丽。

据研究者说，这末一句是化用白居易诗句"紫藤花下渐黄昏"的意思。

紫藤仿佛是天生作为艺术家创作的粉本存在的，其藤干或古瘦，或飘逸，其花浓淡相间，疏密相宜。而其藤一老，便如卧虬，以枯墨写之，乃十足的草书线条，令人猜想张旭的《古诗四帖》是否从中得到了灵感。

春天的时候，向晚散步，忽闻小猫叫声，发现小家伙蜷缩在女贞丛里，去抱它，也不跑，于是带回家。院子里一直有几只猫日日来食，有饭团、黄豆、大排、黑皮诸君，这新来的，黑白相间，取名豆花。豆花最小，难免被欺，但其机灵无比，很快便找到了避难所——藤萝架，一有风吹草动，迅速逃离，身手敏捷地钻进"树屋"，这种场景，书斋中画藤画猫者，大约都想象不出吧。

紫藤花期不长，花谢后，有荚生，状如芸豆，所不同者，生着一层绒毛。当庭园中凌霄开放，白头翁作巢的时候，紫藤漫不经心地孕育着种子。夏日骄阳，一颗颗指甲大小的种子便落下来，如细心，每年可收数十颗。只是这样的种子，不能指望鸟来播撒，风也帮不上忙。

贝聿铭氏设计的新苏州博物馆内，有"文藤"的种子出售，装在一个精致的小纸袋里。不过，人生苦短，红尘滚滚，待种的紫藤开花，怕是急煞人吧。苏博内有株紫藤，据说嫁接了文藤的枝条，那用意和我们买一粒种子一般一样。

说起来，这些攀缘植物，茑萝细细的，花美却无荫，牵牛亦然。安吉拉和蔷薇"开到荼蘼"，便是无穷无尽的喷药休眠期。爬山虎功在垂直，只有视觉上的清凉。唯凌霄与紫藤略似，却志在高远。紫藤的荫却是少有，一种植物，春予人花朵，夏予人荫凉，几可称为楷模了。

白露紫薇

谚云：白露忙割地，秋分无生田。这是长江以北的状况，到了白露时节，即便正午还有大太阳，树荫之下，却是凉风习习。经过春之萌发，夏之蓬勃，树木也显得沉静，为即将来临的寒冷做打算。

而江南却不同，秋老虎方远遁，街头还是五颜六色的夏装。悬铃木的影子还是密密的。街头绿化带也还看不见秋花的身影。有一天，在威海路靠近陕西北路的一幢写字楼前，我看到几株紫薇花还在灿烂地开着。

我第一次遇见紫薇花，是在一条高速公路上，时逢炎夏，远远望去，宛若一抹彩霞，我后来才知道，这就是在唐诗里面高贵绽放着的紫薇本尊。

《长物志》里面说它"但宜远望"，我以为，近观亦佳。紫薇的花开在枝梢，一枝数颖，长着六枚带褶皱的花瓣，轻盈娇柔，颇具古典美。

或许是缘分，十年前，为了存放一天天多起来的书，以距离换面积，移居沪郊，也有了自己的小院，住进来的时候，园中便有桂花、香樟，还有四株紫薇，这是最让我开心的。

每年七八月，绣球、萱草、蜀葵之属热闹过，月季也歇了，紫薇不声不响地开了，自夏至秋，竟达百日，不负"百日红"美名。

古往今来的诗词塑造了紫薇花的贵气与文气，其实它不择土性，只是好生于略有湿气之地，随遇而安，可称嘉树。

《花镜》说紫薇"其性喜阴"，我观察下来，却发现它是喜光的。邻家亦有数棵紫薇，所在光线略优，每年要比我的花早开半月之久。可见，书不可尽信，古来草木之书，陈陈相因的不少，盖所记者，并非都是亲历而来。如紫薇又名痒痒树、怕痒树，云其光滑无皮，若搔其干，则枝叶颤动不止。许多书上都说到这个，尝一试，并非如此。

紫薇花谢后，枝梢会结出许多褐色的蒴果，若不收，种子落地，来春若干小薇生焉。待生数寸高，移栽入盆，分赠友人，亦乐事也。紫薇的造型也是千变万化，老桩、盆景，各不相同，像我这几株资质平常的，只需入冬前将当年枝一一斫去，唯剩主干，状如一个个小拳头。其枝条甚硬，剪下来的，捆在一起，可搭菜架，或可为其他园花绑缚之用。

　　紫薇花期虽长，但有花开便有花落，清晨见落花，拈起放旧石槽，水里还可以看几日。我没有插瓶，杨诚斋的那首诗我当然读过："路旁野店两三家，清晓无汤况有茶。道是渠侬不好事，青瓷瓶插紫薇花。"诗题《道旁店》，时人望文生义，侈谈宋人审美，谬矣。须知自唐以来，紫薇花因与中书省之关系，已经固化为尊贵的意象，朝中大大小小的官僚，时不时会在应酬文字中津津乐道，隐约传递出一种自得与小炫耀。道旁店，在"紫薇文化"既定的认知下，既有"旧时王谢堂前燕"之感慨，亦有某种悬念在其中，视觉审美倒在其次了。

　　相比之下，杨万里的友人陆游亦有《紫薇》一诗，那意思直白得多，却可佐证："钟鼓楼前官样花，谁令流落到天涯？少年妄想今除尽，但爱清樽浸晚霞。"在诗人的老眼中，曾经的"官样花"如今已经非关功名，花影婆娑，聊资酒兴，不过，这酒的滋味，就只有他自己清楚了。

紫薇常见的，无非淡红与浅紫，尚有变种，花白色，名白薇或银薇，上海的街头，偶然可见，除去花色，其他并无二致。

白露秋深，紫薇花略有稀疏，却无衰败之相，天公惜花，也仿佛知道爱花人的心思。《青鸟》的作者，比利时剧作家、诗人梅特林克说过这样的话："我们对于树木的美又能说些什么呢……我们之中又有谁会没有保存着对几棵美丽的树木的印象呢？"明知道来年紫薇花还会再开，明知道西风渐烈，却总希望明丽天空下的花朵定格凝固，这便是植物与中国人精神上的联系。

关于紫薇，这也是我想说的。

桂枝香

立冬后一日，老友小聚，得赠桂花乌龙一匣。出了餐厅，看到街旁的桂花树，静静地，仿佛开花是很遥远的事情。

农历八月俗称桂月，桂月里发生了很多事情。除了黄猫们结伙食掉了全部的鱼，凤仙绚烂，朝颜短暂之外，可记者，一只雏鸟撞向玻璃窗，幸未受伤。院子里寂静着，桂花香突如其来。

种了三株桂花，说也怪，两株金桂，年年有信，倒是银桂，开不开，全凭心情。

连日阴雨初霁，微凉中，桂花香一阵阵地释放这样的日子，宜诗、宜茶、宜冥想。放翁云："花气袭人知骤暖"，据是诗首句"红桥梅市晓山横"，应为梅花；山谷诗："花气薰人欲破禅"，却难说是什么花；朱淑真之名句，"一枝淡贮书窗下，人与花心各自香"，说的倒是桂花，因题为《木犀》，此为桂花别名。

不过，袭人、薰人，桂花香却都占了。去了趟杭州，宿九溪，晨起散步便到了西湖南面的满觉陇，正逢盛花期，数千株桂花的香气，于村落中荡漾。古人一向会玩，焉能放过此景，明高濂之《四时幽赏录》有这样的描述："秋时策蹇入山看花，从数里外便触清馥。入径珠英琼树，香满空山，快赏幽深，恍入灵鹫金粟世界。"这还没完，老先生还要"归携数枝，作斋头伴寝，心清神逸，虽梦中之我，尚在花境"。此等浪漫，为吾辈所不及也。

近人陶晶孙有短篇小说《木犀》，写的是一个男孩子与英文教师的爱情故事，与电影《钢琴别恋》差不多，但作者着意渲染的"木犀的香潮"，却为电影所无。故事的结束，女教师病逝，男主人公东渡扶桑，古庙中遇木犀开花，闻香思人，牵起痛苦的回忆。在作者的眼里，香味这样一种东西，"各人总会有各人的感触"。这篇东西是日文写成的，原题《相信运命》，郭沫若怂恿作者译成中文，并改题为《木犀》。我是从 20 年代的《创造季刊》里看到这篇小说的，同一期里，还有郁达夫、张资平、成仿吾、滕固、郭沫若等人的作品，"创作"部分的扉页，是一幅版画，一枝桂花，横在月亮上面，这便是陶晶孙小说的意境了。

桂花的枝叶都谈不上好看，花的颜值也不高，唯香气不负"天上之香"的美名，然而盛极必衰，桂花花期不过数日，李笠翁抱怨其"满树齐开，不留余地"。敏感的古人早就注意到了这些，清人黄图珌曾在杭州做官，是个有文化的官僚，善词曲，亦工诗文，他的《看山阁闲笔》之《芳香部·赏花》记载了他的经验。关于桂花，他是这样说的："赏桂之地，不宜画堂，不宜幽室，不宜水榭，不宜月廊；独宜于山岩凸处，建有层楼，一林金粟，可许凭槛而得，一名天香阁，一名岩桂亭。娇丝急管，声彻于中，似欲吹开不夜之天，仿佛游于广寒间矣。"这就告诉我们，欣赏桂花，需要保持距离，彩云易散，要尽情欢娱。

桂花的习性，是喜欢气候温暖，雨量丰沛，在南方，终年翠绿，在北方，因只能盆栽，冬季的养护会比较麻烦。我的小园，最初有四株桂花树，后来觉得多，送了一株给朋友，他种在露台上一个不大的木头箱子里，居然年年有花，可见生命力的顽强。不过，这样的种法，在古人看来有"虐桂"的嫌疑。

大诗人白居易在苏州做官时，于东城的樵牧之场，发现一株桂树，慨叹它生错了地方，作诗曰："霜雪压多虽不死，荆榛长疾欲相埋。长忧落在樵人手，卖作苏州一束柴。"诗人甚至天真地对嫦娥说："遥知天上桂花孤，试问嫦娥更要无。月宫幸有闲田地，何不中央种两株？"白居易后来是否动用职权，将这株可怜的桂树移到他以为合适的地方，不得而知，却足以感受到诗人对植物的钟爱、对生命的怜惜。

从《诗经》到《楚辞》，中国的文人们是多么热爱植物啊，可惜近代以来的作家，鲁迅之外，有此好者似乎不多。至于当代，作家们都不认识植物了。现代人的欲望越来越多，物质人生充满了诱惑，"欲买桂花同载酒，终不似，少年游"。我们早就不心疼地失去了那一把桂花。

扬州瘦西湖之小金山，有一间木樨书屋，匾额是陈从周题写的，据说此地不常对外开放。书屋外有老桂树十余株，我去的时候，还是初秋，想见花开时节，一室桂香书香，满院风清露冷，"庭前一树自知秋"，非因落木萧萧，而是"木犀的香潮"，成了美妙的秋之讯息。

忍冬花的思想性

奈良法隆寺"最后的宫殿木匠"西冈常一师徒的书最近出了,《树之生命木之心》,凡三大册,真好,其中颇多有启迪的段落,关于自然,关于手艺。法隆寺我去了两趟,买过两样纪念品,一为飞鸟时代壁画天人的水印复制品,一为赤肤烧的忍冬纹陶瓦当,素雅得很。

按照工艺美术史的说法,忍冬纹是由中国传入日本的,是所谓唐草纹里面最重要的一种。又据说,这图案是古希腊传入中国的。

忍冬,金银花是也。早些年,喉咙痛,药店里买一包,泡水喝,其味颇不劣。《上海常用中草药》是70年代的一本小册子,64开,套着褐色的塑料皮,和《新华字典》一般。

翻开来，第一个便是用于清热解毒的金银花。言郊县均有其分布，生于篱旁林边。五至六月采收花，七至九月采收藤，十月至十一月采收果实。这介绍极确。

在上海城区里，极少会见到忍冬，即便有，亦以盆栽为多。我住虹桥的时候，楼下朱阿姨家倒是有一株，种在小院里，每年五月，爬满矮墙，幽香袭人。院子里有只白头翁，花叶一发，便日啄花藤，初以为食，不久，朱阿姨便发现不远处的桂花树上多了一个精致的巢，那建筑材料中，包含了不少忍冬的枯藤与树皮。

张恨水云，金银花之字俗，而花则雅。忍冬花期不算久，但一波一波也有不短的时间，花不大，轻盈飘逸，枝缠蔓绕，连绵不绝。其叶则凌冬不凋，加上自古便传有久服益寿之效，更添了吉祥如意的味道，这大概是千年前的无名艺术家要把它画下来的原因吧。

余少时，性喜涂鸦，邻居任奶奶发现了我的"天赋"，时常拿出她珍藏的花样，让我帮她画几份，那些花样都很久远了，描摹它们，耗掉了我许多课余时间。有一种纹样，鞋子上的，我画过很多遍，后来方知，这便是忍冬纹。

吾国历史上，那么多花的图案，忍冬纹似乎格外受青睐，三两片叶子，一两根茎蔓，简洁、舒展，无论平视，还是仰视，都如此柔美祥和。

庞薰琹先生在中国图案艺术领域有其极高地位，他有一部《图案问题的研究》，新中国初期出版的，绝版多年。其中有一节为《图案有没有思想性》，彼时，诸多图案工作者为自己的工作不能表现政治性极强的事件而苦闷、困惑，庞氏认为，花草纹样，如牡丹、菊花，人民熟悉这些花、喜爱这些花，能满足人民的需要与喜爱，就是有思想性。今天看来，这样的说法，既有挖空心思，以求进步的迫切，亦隐隐地有些为图案艺术辩护的意思在其中，可谓用心良苦。

忍冬花当然不知道人类社会这么多麻烦。五六年前，我买了一大株忍冬，有手腕粗，植向阳处，任其攀爬木栅之上，逢花季，繁花满架，蜜蜂嘤嘤嗡嗡。我每每想到米沃什的《礼物》：

如此幸福的一天。

雾一早就散了，我在花园里干活。

蜂鸟停在忍冬花上，

这世上没有一样东西我想占有。

我知道没有一个人值得我羡慕。

任何我曾遭受的不幸，我都已忘记。

忍冬开了花，虽然知道可以药用，却不忍摘它下来。我曾经在一个网络社区，分享一些种花的故事，有一个人见了我的忍冬花照片，便向我讨一些藤蔓，说家里小孩子生了痱子，需以煮水洗澡，我按照那地址快递了一包过去，却没了下文，终不知道是否有效。按照庞先生的理论，忍冬既然于人有益，应该也有了思想性吧。

枫青枫红

那一年马老师过生日，招我们几个学生一道吃饭，有同学在长风公园门外的花店买了一个小盆景作生日礼物，一株青枫，叶色黄中带绿，甚是可爱。我们吃吃喝喝的时候，青枫摆在窗台上，楼外面四月的光照进来，勾勒出它风姿飒爽的轮廓。

做学生的，囊中羞涩，小小的盆景自然不会是精品，但情谊无价。许多年后，我开始学着养花种草，每见青枫，格外亲切。

青枫的学名叫鸡爪槭，是槭树科的名角，这是一个不大不小却很有趣的家族，我们常听见的名字，还有五角枫、三角枫、红枫、羽毛枫等，它们生得仿佛异卵多胞胎，叶子有三裂、五裂，甚至十余裂的，相互像又不像，而共同的特征是有一个红颜色的秋天。

不知道是我个人的感觉还是时代的原因，七八十年代，国人似乎对红叶情有独钟，关于这个，甚至可以做一篇红叶文化史。金振家、王景愚的话剧《枫叶红了的时候》演遍大江南北，郑义的小说《枫》洛城纸贵，故事片《等到满山红叶时》更是把一个凄美的爱情故事铺陈于红叶下的三峡。现在想，电影中的红叶应为三裂的三峡槭，然故地已为龙宫，无从考证了。彼时，《陈毅诗词选集》出版，中有《题西山红叶》一首："西山红叶好，霜重色愈浓。"又云："书中夹红叶，红叶颜色好。请君隔年看，真红不枯槁。"我的一位在北京读书的同学，大概是读过这诗吧，到香山秋游，不忘在信中夹几片红叶相赠。不过，香山红叶实为漆树科的黄栌，形如微缩的团扇。

其实，槭、枫、黄栌、乌桕这些树叶的经霜而红，不过是叶绿素减少，花青素增加的结果，小时候读过仇春霖先生的植物科普著作《叶绿花红》，已经不觉得有什么神秘之处，但逢秋之寂寥，红叶确予人生气，为之一振。

中国的园林中间，花木是不可少的，童寯在《东南园墅》中曾经以一种调侃的语调说西方园林之修剪整齐的草坪，仅对奶牛有诱惑力。关于树木，他说："尤以枫树，以绯红光彩，可于深秋之日，构造非凡之特效。"此为深谙造园奥秘者的审美经验，陆放翁之"数树丹枫映苍桧，天公解作范宽山"，是对大自然这种配色法最好的解说。

我们自己的小院子，自然容不下高松阔柏，但一棵红枫总是要的。

也是一个春天，我去郊区的苗圃买枫树，很快看中了一棵，结果那对老夫妻不肯卖，说这棵树样子好，而且不是用青枫嫁接的，想自己留着看。好说歹说，最终还是成交，装上车，仍恋恋不舍。我买过很多花木，此情此境，所遇不多。

槭树科复杂的血缘关系，卖树人并不知情，红枫的大名，唤作紫红鸡爪槭，如以青枫为砧木嫁接，生长会快很多。这一棵未经嫁接，长到手腕粗，还真是需要一点时间。

枫树不娇气，对土的要求不高，有阳光便好，但想要造就一棵理想的树，却不是一件容易的事情。枫树的叶子，春时即有好颜色，长出来便是红的，《说文》上描述枫树为"厚叶弱枝，善摇"，这位太尉祭酒许慎先生的观察力不得了，六个字就刻画出植物的风韵。但夏天一到，青枝绿叶便开始疯长，给园丁增加了不少修剪的工作量。剪下来的小枝，择其佳者，删繁就简，插在剑山上，置于水钵，可以看上好些天。

酷暑散，秋将近，枫树的叶子无精打采，有的甚至因缺水而黄焦，此时需将叶子悉数拔去，此法称"催红"。越十余日，新叶萌发，西风乍起，一树猩红，秋色，是对园丁最好的犒赏。我庆幸只有一棵小树，若如日本园林，树与檐齐，只能随它去了。

枫树盆景，我也养了两株，一置紫砂盆，一置钧窑盆，都生得强健，春芽初绽，赏其色泽变幻，秋叶凋零，赏其身姿高古，洵为乐事。

至于马老师的那盆青枫后来怎样，倒是未尝问起。老师退休后，埋首书斋，几年之中，完成出版了长篇小说三部曲，其中一部名为《红潮滚滚》，但那是时代的颜色，无关花木。

宜栽白玉盆

在书本中压几片花瓣和叶子的事谁都干过，但这和标本制作还不是一码事。少年时代，暑假住外祖母家，七岭子的赤脚医生会这个，他们墙上的中草药标本是我凝视时间最久的一样东西。我后来收藏了一些标本，它们有的来自植物研究者，有的来自某所关了门的学校，以如此脆弱的形式存在的植物，令人不忍触碰。

人生如寄，儿时的物件，所剩无几，某日从泛黄的笔记本里，落下一枚枯槁的菊花叶，提醒我在差不多半个世纪前，我种过一盆九月菊。

菊花是黄色的，不高，栽在瓦盆里，秋天开过之后，我将它移到屋子里，像个宝贝，也许是光照不足，也许是水浇得太多，但最终还是死掉了。

外祖母家有几扇屏风，隔开两间屋子，我们叫"隔扇"。隔扇的上半部，雕花的木框上裱着高丽纸，一面字，一面画。有一幅丛菊，枝叶扶疏，题的是：战地黄花分外香。菊花和我死掉的一模一样。不过，这毕竟是无名画家涂抹的小品，虽然很应时，却不禁看。辽宁博物馆藏了一幅徐渭的《菊竹图》，一枝略呈"S"形的墨菊，枝头七八朵花乱头粗服，菊边配小竹、荒草，笔意萧萧。那题诗就说得更明白了："身世浑如泊海舟，关门累月不梳头。东篱蝴蝶闲来往，看写黄花过一秋。"诗与画浑然一体，相互融会，虽尺幅却挥洒出自然与人生的无尽秋意。

菊花算不上娇气的植物，古人说它有"正直浑厚之气，清逸冲穆之光"，这多半因为西风下，红藕香残，那些漂亮的花先溜之大吉的缘故，它也就蕊寒香冷，一枝独秀了。重阳节，它更是成为主角，孔尚任的《节序同风录》里就罗列了诸多风俗，菊花浸酒，饮之清目；与茯苓、松柏枝合服，益寿延年；装枕用可明目；干菊花代茶饮醒酒等等，可见菊花之食用、药用由来已久。偶得一册80年代的《花卉入肴菜谱》，菊花亦在其中，除了菊花鱼、菊花炒鸡片之类的家常菜，还有菊花燕菜、菊花鱼翅这样的豪华菜，看来菊花还真是能屈能伸。

秋天是菊花上市的时候，城中花店里各色各样，虽然重阳节的含义与古时已大不同，在写字楼远眺，权作登高，也不必将菊花插满头，孔老先生的法子太过麻烦，但房间里放一两盆，还是需要的。

每年我都会买几盆菊花，小心伺候，可以看很久。它是宿根的，花后剪断茎杆，露地栽培，来年重芳，只是花朵不复从前肥硕丰满。花虽小，却很勤勉，往往伏天里开一次，秋天又开一次，不过也有例外。《聊斋》的作者蒲松龄有一首《五月黄花》："篱菊破天荒，秋花五月黄。山中无历日，疑已过重阳。"此诗应是古人的"口占"体，顺口吟成，且第三句还是用唐人的，表明自己穷居深山，不问世事的豁达态度。蒲留仙对菊花颇有研究，所著《农桑经》的"诸花谱"中，如何种菊，洋洋洒洒，分了浇灌法、护叶法、压插

法、栽接法、酿土法、蓄水法十节，足称艺菊指南。如蓄
水法：

> 洗肉拧毛之水，以缸盛贮，投韭菜一把，则毛近
> 烂；或以死蟹酿水，肥花而不生虫；腊月，掘地埋
> 缸，积浓粪，上盖版，至春，化为清水，名曰金汁。
> 五六月，菊黄萎，以此浇之，可回生。

这样的法子，实用有效，想起今天，无非"淘宝"几袋
复合肥，趣味全无。

菊花的种类最多，宋人的书中，说有一百多种，到了清
代，已达三四百种，可见历代的"菊粉"，都在不停地摸索
菊花种植，据说现在差不多有三千多种。菊花是中国本土的
植物，那名字也传统得很，紫凤朝阳、西施采莲、金鸡晾
翅、天女散花，少了还好，多了，谁记得住呢。

"秋菊有佳色。"菊花诸色烂漫，碧叶如染，是献给秋天
的赞美诗。历代诗人更是回赠它无数的佳句，这是天地之间
美妙的唱和。100多年前的秋天，一位13岁的少年瞿秋白，

见庭中<u>丛</u>菊花开，写下这样四句：

> 今岁花开盛，宜栽白玉盆；只缘秋色淡，无处觅
> 霜痕。

不过，人们读到这首诗时，他却已经不在人世。

那时叶落

"悲哉，秋之为气也。"据说宋玉靠这句话确定了自己悲秋创始人的地位。我倒觉得他不过是创造性地继承并发展了屈原老师对季节更迭的感悟。"袅袅兮秋风，洞庭波兮木叶下"，这不是已经有淡淡的忧伤在里头吗？我们换个说法，屈老夫子是最早将秋风与落叶建立起联系，并描述这种联系的空间关系的第一位诗人。

此话怎讲，且读杜诗之"无边落木萧萧下，不尽长江滚滚来"，不过就是将湘水换了长江而已。贾岛的名句"秋风吹渭水，落叶满长安"，意思相近，但空间更加宽广，我们不能不折服唐人的臂力，语言之弓，被他们拉得如此圆满。

或许那时的空气太纯净了，这些视角是如此高远，"况属高风晚，山山黄叶飞"，他们博大的胸襟，不太在意那些琐碎的眼前。现代人是悲哀的，高楼鳞次栉比，雾霾遮望眼，只能在街角欣赏落叶的回旋之舞，然后拍照，发条朋友圈。

不过，唐人也不是只懂得欣赏一般现在时的落叶，李白就有非常好的句子，咏叹落叶之后的情境：

秋风清，秋月明，

落叶聚还散，寒鸦栖复惊。

相思相见知何日？

此时此夜难为情。

诗里面，落叶一聚一散，诗人的心也骚动不安，有如拣尽寒枝终不肯栖的孤单的鸦。

落叶一旦离开了母体，轻扬而漂泊无定。山林郊野，黄叶堆积，无人扫亦不须扫，来年自会腐烂、分解，园艺书上说，腐殖质是最好的肥料。市井庭院则不然，《家训》云，黎明即起，洒扫庭除，我看扫的多半是落叶吧。

经常读旧书的，对扫叶山房当不陌生，这书肆初设于苏州，后于上海城内彩衣街设分号。据称命名缘由，是为表示刻校书之不易，"校书如扫落叶，随扫随落"。这命名者，必有扫叶之经历，方有此感悟。

自秋风起，扫叶也成了我的日课，扫得不耐烦了，便把这些诗句、典故，想它一通。

吾庐虽小，花木倒也有数十种，秋来风景，颇异于以往。最先落叶的是无花果，只剩下零星绛红的果子在枝头，杏树叶子每天在落，小园的天空越发辽阔，树上的鸟巢仿佛一夜之间缀上去的。石榴的叶子是细碎的，先是在树上完全变黄，然后便飘飘洒洒，因风飞到邻家，而对岸高大的冷杉的针叶也年年要飘过河道，落在窗前。祝枝山诗："风堕一庭邻寺叶，云开半面隔城山"，便是极言树高风疾。

北半球的所有园丁，这时节都在扫落叶，不过以我所见，园丁们用的工具却不太一样。就扫帚而言，即便都是用细竹子扎的，日本扫帚的形状便与中国不同，而中国各省的扫帚也不尽一致。我用得最顺手的扫帚产于莫干山，捆扎得极其细密，轻重合适。某年去玩的时候偶然发现，便带回几把。对于园丁来说，一把好扫帚和好剪刀一样重要，不过，扫帚把子磨得光滑时，竹枝便开始稀疏，扫叶变成一件吃力的事，到了该拿出一把新扫帚的时候。

日本作家村上春树在小说《青春的舞步》里创造了一个词：文化扫雪，下了雪，总得有人把它清扫干净。海豚旅馆中的主人公把一些无聊的、周而复始、迫于无奈的事，如收纳东西、做采访、写专栏等，都归于"扫雪"的范围。

扫雪与扫叶，竟都可以有如此多的启示，唐诗里面似乎没有，喜欢讲道理的宋人，也许说过什么。地球存在一天，地心引力不改，叶子就会纷纷扬扬坠落，也就永远会和诗歌发生关系。

贾岛殁后数百年，长安已称西安，这时的首都在北京。诗人毛泽东把他的诗改了一下："正西风落叶下长安，飞鸣镝。"这阕《满江红》的墨迹中，"落叶"二字，他写得很小，"四海翻腾云水怒，五洲震荡风雷激"，他要做的，前无古人，落叶的意象便有了新的寓意。

冬至赏苔

生活在城市里的人，行色匆匆，为稻粱谋，即便路旁有花开花谢，却也无心驻足。"涧户寂无人，纷纷开且落"，说的是山里，如今的街市人潮滚滚，花也还是纷纷扬扬地独自开，寂寂寞寞地独自谢落。

花是这样，青苔呢，更是卑微的，甚至博人一瞥都难。

每天早上散步的人行道，逢树荫浓郁处，水泥砖上生出薄薄的一层青苔，到了雨季，愈湿愈厚，颜色也更加浓重饱满。每次，我都会绕过这些造物的杰作，生怕不小心弄坏了人家的作品。

中国人对青苔的珍视，有着太久的岁月。杜工部云，"苔竹素所好"，刘梦得则炫耀他的陋室，"苔痕上阶绿，草色入帘青"，唐人已经开始将对青苔的观察作为审美的一个部分。更不要说王摩诘之"返景入深林，复照青苔上"，于今几乎成了造园的最高境界。

我们看宋画，颇可知宋人的美学，郁郁青苔应是文人雅士喜见的一种情境。叶绍翁以"一枝红杏出墙来"于诗史留名，我却更爱那首诗的起句，"应怜屐齿印苍苔"，他简直称得上是护苔使者了。不过同是宋人，王安石的朋友湖阴先生却不然，王在诗里写道，"茅檐常扫净无苔"，政治家厚黑之余，家里收拾得倒是干净。懒得去查，我的记忆中，宋人里面，吴文英的两句词最为生动："惆怅双鸳不到，幽阶一夜苔生"，你看，石阶上的苔会一夜间长出来，哪里有这么快，怕是他盼望着人来，却终于失望得太厉害了罢。

宋人陶谷的《清异录》说："苔，一名地钱，一名绿衣元宝。王彦章葺园亭叠坛种花，急欲苔藓少助野意，而经年不生。顾弟子曰：'叵耐这绿拗儿。'"可见苔虽贱物，你如果想制造青苔，倒没那么便当。从前看书，教人在水石盆景造青苔之法，将石头浸净水中三五日，取出后，撒上淀粉，或浇淘米水，以草皮包裹，置阴处，苔自生。据说此法甚有效，我没有水石盆景，故从未试过。倒是为树桩盆景觅过青苔。

花园中日照不佳处，苔易生，荫下最茂。用一把园艺铲小心挖起，敷在花盆中，浇上水，用不了多久，便与盆土合为一体，有了青苔的烘托，古朴苍莽之感顿生。不过，盛夏时节，青苔暗淡，全无生气，但只消一场雨，便又生机勃发了。

今年中秋，在杭州龙井徒步，歇息时，和一位卖桂花糖的老婆婆闲聊，无意中发现，店中放的一个小塑料袋中装着碧绿的青苔，问她何用，答曰，打算放在门口的几个小花盆里养着，这是她早上在山里挖的。见我喜欢，老婆婆慷慨相赠。我连忙掏钱买了两瓶桂花糖，她却说，不买也不要紧。我看了看她的几盆花，无非是茉莉、五色梅什么的，花盆也不讲究，倒是干干净净，可见普通人对美的需要是多么的直接而质朴。

山里的苔藓，和城市里见到的不同，在湿润清新的空气里，它生得毛茸茸的，可称青翠欲滴，我放在酒店的阳台上，每天喷水，顺利移栽到自己的花园。

青苔可入药，唤地衣草、仰天皮。翻蒲松龄《农桑经》，第一次知道，苔居然是一种妙食，"欲石上生苔，以荄泥合马粪涂润湿处，不久即生水苔。嫩者以石压干，入油、盐、酱、姜、椒，切韭芽同拌食之"。描述如此具体，他大概是吃过的吧，然所述生苔之法，已难尝试。

在植物学家的词典中，苔藓植物结构简单，仅包含茎和叶两部分，甚至没有真正的根，只能从空气中获得水分与营养，但在诗人眼中却不是这样。咏青苔的诗，到了清人，愈加具体，青苔有了人一般的个性。袁枚之《苔》近年随着一档电视节目广为传播，诗云："白日不到处，青春恰自来。苔花如米小，亦学牡丹开。"明白晓畅，便于诵读是流行的前提，更主要的，它契合了大时代中，芸芸众生的努力，在各种各样的挤压下，人要不被打败，总需要积极向上的精神力量来支撑。这诗还有其二："各有心情在，随渠爱暖凉。青苔问红叶，何物是斜阳。"说的也是青苔乐天安命的哲学，冷也罢，暖也罢，它照常生长，更不要说别的植物不可或缺的阳光，它没有也可以。这第二首，初看似乎冲淡了第一首的励志意味，其实，恰恰是深化了。

这实际上是诗人的自况，经过五亿年演化之旅的青苔本不知自己为什么蔓延，正如田纳西·威廉斯所说，树叶并不知道自己会变得火红。

温室花朵天竺葵

"八月十五雁门开，大雁头上带霜来"，每次想到这两句，都让我坚信中国农谚是最美的诗歌，不只语言，它将季候之变化与自然景物结合，敏感而准确。

凉风起天末，园丁盘算着，哪些花儿要入室了。

三角梅、虎刺梅、五色梅、冷水花、瓶刷子花，哦，还有天竺葵。

我养的各种不值钱的草花里，天竺葵的记忆是和童年连在一起的。外祖母有两盆很大的天竺葵，养在朝南的屋檐下，不过她叫它洋绣球，我跟着一直叫洋绣球，弄到现在，每次说起，都有那么一瞬间，语言要在两个名称中选择一下。

林奈先生，一定是人类里面认识植物、动物最多的，因为它们不是他命名的，就是他分类的。天竺葵属牻牛儿苗科，这是我一直记不住的一个奇怪的名称。天竺葵的种类不少，我知道的就有香叶天竺葵、豆蔻天竺葵、藤天竺葵，我种的最为常见，被称作入腊红，好处是全年有花。

四盆天竺葵，放在玻璃房的木架上，接下去整个冬天它们就待在这儿，即便最寒冷的天气里，也不必考虑生死存亡这么严肃的课题。

说起温室，这里的花朵完全不知道冬的滋味。天竺葵是最抢眼的，虎刺梅也常开不败，滴水观音似乎比别的季节更加郁郁葱葱，至于不死鸟，仍在疯狂制造它的子民，如果放在室外，早就一命呜呼了。

不过，对天竺葵而言，不耐寒也没什么可难堪的，它本来出身南美，作为人类的朋友有800多年了，算起来是我们宋朝的时候呢。广州称其为洋葵，花城春节的时候，正是花期。

但天竺葵却又惧怕炎热及雨水，在上海，八月份，就进入半休眠状态，不再开花，如果完全暴露在太阳下，叶子会由绿转黄，一副失血过多的样子，看来苦夏的不只是人。本来天竺葵的花红得浓郁，圆形有钝齿的叶子也漂亮，马蹄纹天竺葵花叶上的暗条纹极具装饰性。在马蒂斯的画里，叶子甚至比花更抢眼，如今这番模样，画家也只好搁笔乘凉了吧。

对爱花者来说，扦插的乐趣是养花的重要内容，这方面，天竺葵可以承担。我的经验，除了冬季与盛夏，春秋皆宜。择其顶部健枝，剪成十厘米左右，只留一两片小叶，置阴凉处数日，待伤口稍愈，小心插入沙土盆中。有说法，可先将插条蘸泥浆，再入沙盆，未尝试。盆土宜湿，盆上遮阴，十余日后生根，便可移栽到合适的花盆中了。至于花盆，我以为红陶盆为佳，马蒂斯的画里面便是，只不过此公画花，常与背景中的壁纸、窗帘、桌布上的花混为一体，真假难辨了。夏季扦插者，冬季著花，秋季扦插则须次年晚春，半载光阴，园丁是等得起的。

天竺葵生长迅速，一两年后，需修剪，否则散乱不堪。花市中有一种矮化喷剂出售，据称施用后，就不再长高，手一松买了一瓶，思来想去终弃用，还是让它随秧长吧，大不了剪得勤快些，剪下来的还可以插瓶。

不过，藤本天竺葵就没这个问题，某年在布拉格列侬墙旁的小路，看到不少人家的窗台上，天竺葵垂下漂亮的花串，因风摇曳，令白色的墙壁如画屏一般。据说在拉萨的一些寺院，也有这样的天竺葵，只是想来想去，竟无一丝印象，一定是高反造成了失忆，但想来，确是美丽的景象。

春回大地，天竺葵在玻璃房中灿烂一冬，一旦"出阁"，略显疲态，虬枝徒长，此时剪断入土是最好的处置方式，于是，四姐妹就这样摘掉温室花朵的帽子，相偎于花坛中，回到从前，上一个春天。

野有蔓草

　　1962 年四月杪，张充和在美国打理自家花园，她与弟弟宗和信中记此事："后园中有许多花，也叫不出名字来，只有芍药还认得。这几日在拔草，拔草除了得好空气外，还可以消恨，拔一棵又顽固又坚硬的草根，好像是除了一个坏人。不怪旧书上常提到蔓草之忧恨。"

　　她所说的旧书应为《左传》，其中有一段"郑伯克段于鄢"的文字曰："蔓草犹不可除，况君之宠弟乎？"在这里，蔓延不绝的杂草，成为敌手的意象。

　　在人类文明史上，杂草的命运，一向如是。

　　离离原上草，一岁一枯荣，这"古原草"，即杂草也。也可以说，在现代园艺出现之前，所有的草，都是杂草。所不同的，从前地广人稀，草与人类在绝大多数的情境下相安无事，并可入画入诗。

每年四五月，是杂草登场季，吾园虽小，却不缺它们。每一株杂草都有名字，不过人们并不热衷于记忆或辨别。对杂草我有自己的态度，蒲公英我会留下来，看它开花，摘它的叶子煮水。一年蓬也是我喜欢的，如果它不是太放肆，我会等它过了夏天。水花生一定要除掉的，一旦放任，便不可收拾。至于荠菜，估计不够包一次馄饨的，算了，还是请离开吧。我是多么希望什么地方能生出一株鸭跖草，这种蓝色花，从前外祖母的屋檐下年年都有，多年未见了。

英国博物学家理查德·梅比有一本精彩的书《杂草的故事》，可称为杂草辩护词，"杂草不仅指那些出现在错误地点的植物，还包括那些误入错误文化的植物"，而"我们如何、为何将何处的植物定性为不受欢迎的杂草，正是我们不断探寻如何界定自然与文化、野生与驯养的过程的一部分"。这番话我甚为认同。谚云：庭前生瑞草，好事不如无。杂草啊，你生错了地方，宿命也，你转运要看遇到了什么人。

我一位同学的祖父，从前是位秀才，晚年居家，每日仍是作诗写字。他的房间里有这样一副对联："不除庭草留生意，爱养盆鱼识化机"，字面上实在是老妪能解，个中深意却非我等毛孩子所能领会，老先生曾为我解说，可惜忘得一干二净。他家的院子里还真的有一口大缸，小鱼数尾戏睡莲中，庭中尚有凤仙、天竺葵、月季之属，杂草嘛，虽不丛生，似乎也的确未除，历经浩劫，尚能有这样的日子过，也算天赐。

我很晚方闻此联的作者为曾国藩，芳草有幸，那些年，虽有无数事物被谥以"毒草"，必斩除而后快，却也有一些"可以改造好的"疾风劲草，承雨露而欣欣向荣。一个荒唐的年代，植物学也具有了阶级性。

"禾大壮"除草剂的广告是不少人 80 年代的记忆之一，普通人却完全不会料到其对生态的干扰，至此，杂草的定义，在地点、文化之外，又增添了技术的维度。对杂草而言，无处藏身的难度在增加，每当我看到园林工人喷洒除草剂，总不免杞人忧天，人类对非我族类之戕害，是否正走向自身的末日？

我去过不同海拔的草原，草色连云，野蜂飞舞，没有人会在那里提起杂草的话题，因为它们是优质的、有经济价值的。而在都市的大街上，你找不到杂草的踪迹，间或会在一条僻巷，看见它生在水泥地砖的缝隙，享受着一个少数派的自得其乐。

回头说说张充和、张宗和姐弟的书《一曲微茫》，我断断续续翻完了。私人通信一旦流布，便成了公共空间的话题。坊间多有"合肥四姐妹""最后的闺秀"一类读物，其实在一个健全的制度下，张氏家族成员的教养、婚恋颇为主流，构不成话题，但礼崩乐坏之后，这样的生活进程中断了，反倒成了非主流。当人们恢复了对理想化生活之路的憧憬时，她们的故事，便是再合适不过的榜样。只是"草色遥看近却无"，天街小雨，故园路遥，如此况味，亦只能付诸诗赋了。

冬珊瑚

种花不是个任谁都好做的事情，你可以植松柏，慕它高洁；栽绿竹，爱它高远；养牡丹、芍药，图个吉祥；种野草闲花，显你自我的洒脱。但真的把这些东西搬回家，你就从此为奴，日夜操心，无尽无休。

冬珊瑚，吾乡唤作看豆，一下子从红色的珊瑚珠子堕落为黯淡无光之红豆，再说哪有这么大的豆子。

小时候，人家门头，看豆大概是最寻常的一种植物，整个夏天枝繁叶茂，一个个暗绿、橙红的小珠子点缀其间。北方太阳最毒的时候，小珠子仿佛使气般生生不息，即便数日不雨，主人也忘记了打理，叶子稍有懈怠，一瓢水浇下去，不消一个时辰便茁壮如初。

讲究一些的，种在瓦盆里，寒霜降，移入室内，那红果一直可以迎来春消息而不坠。那些委身破搪瓷盆里的，枝叶虽败，来年又是一派盎然生机。

上海的花市，这几年也不时有冬珊瑚的踪迹，几块钱便可得一盆，比起蝴蝶兰什么的，身价不知低了多少。

买了一盆回来，碧叶红果，甚是可爱，慢慢地果实变黄、干透、凋落，谁料翌年早春，竟萌发无数幼苗。及长，分栽数盆，只一个夏天，便开出星星点点的小花，随后，绿色的豆豆现身了。

按照园艺书上的分类，冬珊瑚应该属于低养护植物，对土壤、肥料似乎都没那么挑剔。我曾经不知天高地厚地养了几盆兰花，没几个月便呜呼哀哉了，也养过一株牡丹，来时是带着花苞的，但从春到秋，未见花就罢了，最后连叶子也掉光。冬珊瑚却不欺我，只是没忘给它浇水，便赠我春华秋实。

今年的冬珊瑚生得最好，剪去徒长枝后，分叉多，花果也多，但喜欢它的不只是我，还多了一只白头翁。

此鸟筑巢院内，日日飞还，每见红果，辄啄而食之，此亦无可奈何之事。冬珊瑚，人爱之，鸟亦爱之，爱的方式不同而已。

大红陶罐中和藤月下面的两簇冬珊瑚，经过飞鸟的掠食，浆果所剩犹多，足有数十颗，阳光好的时候，从窗子望出去，格外鲜艳。

日本作家永井荷风爱栀子花，每次搬家，都在新的庭院种一棵。1923年秋关东大地震，这年冬天，他写文章倦了，搁笔看向窗外，斜阳夕照，"熟透的栀子像火烧一般，红橙透亮"，他没有说更多的话，但劫后重生的感觉却强烈地表达了出来。

我也养了一大棵栀子，只见它开白花，却从未结过果实。而冬珊瑚的红果，却在寒冷的冬季予人温馨的春之念想。

篱笆传

篱笆在诗歌里，总是美的。自从陶渊明先生的目光，从东篱之上，望了一眼不远不近的南山，篱笆的文化价值便确立了下来。"日长篱落无人过，惟有蜻蜓蛱蝶飞""荒苔野蔓上篱笆，客至多疑不在家"等等等等。这诗句中的篱笆，已经不只是一道风景，而是 隐者神秘的符号。

篱笆有可能是最初的国界。我不知道是否有人考证过它的历史，它的出现，应该不会晚于私有制的出现，这样说的依据，是篱笆对空间的划分。一群刚刚不再吃生肉的，可能开始有了财产和隐私。

小时候在北方，我们把篱笆叫障子，我疑心这是外来语。胡同里家家户户都有障子，我们家的障子是木板钉的，似乎从我记事就在，一直到离开。障子没有油漆，颜色却近于黑色，常年风吹日晒的缘故。一米多高的障子，对于小孩子，却仿佛柏林墙。因为捉蜻蜓，或是摘向日葵，木刺扎了手，甚至衣服刮坏，也是常有的事。

如今许多的词汇变得陌生了，比如"夹障子"。

北方城市里，板障子居多，这大约与北方木材资源丰富有关。在乡村，房前屋后，障子的选材五花八门，柳条、秸秆、苞米秆、树枝子，长长短短，就地取材。夹障子，先要挖一条一尺左右的沟，每隔数米，埋一根障桩子，把柳条之类戳好，然后填土踩实，再里外用横的杆子扎牢，连成一体，便大功告成。

清人林佶的《全辽备考》中，对当时的东北边陲宁古塔的民居风俗如此描述："西南窗皆如炕大，糊高丽纸，寒闭暑开，两厢为碾房、为仓房、为楼房，四面立木若城，名曰障子，而以栅为门，或编桦枝，或以横木，庐舍规模无贵贱皆然，惟有力者大而整耳。"这是我从乡贤金毓黻静庵先生编纂的《辽海丛书》中查考而得的，可见障子一词，历史悠久。

在一般人看来荒凉偏远的地方，一道结实稠密的障子，固然可以挡风沙，防野兽害禽畜，也是家园安全的保证，毕竟，院子是主人的城池。

　　但老实说，我对城市里的障子没什么好感。主要是年深日久，欠维护，松松垮垮，全显破败之相。

　　喜欢植物的人看书，总是会留心书里面出现的植物，即便是偶然的一两句，也逃不过他的眼睛。80年代，法国新小说代表人物罗伯–格里耶的《橡皮》译介到中国，书中描述那位警察潜入案件现场时，有一句描述："一道铁栅再加上修剪得和人一样高的卫矛篱笆，使这座房子与外界隔绝。"我相信，一般读者不大会注意这一句，马原与孙甘露他们也不会。作家后面又几次提到"修剪整齐的卫矛篱笆"，这是我第一次知道"卫矛"，后来翻了很多材料，弄明白这是一种灌木，耐修剪，常用来做篱笆，只不过中国北方比较少见罢了。

　　这样的障子，听上去不错的样子。

　　我后来自己有了一个小院，虽无金山银山，但出于私密的考虑，便决定植一排树篱。到花木市场去看，除了法国冬青，没有其他选择。店家说，法国冬青，就是日本珊瑚树，也叫卫矛，种上浇透水，长得快。

我还是有点常识，冬青绝非卫矛，上海人倒是叫它珊瑚，至于为什么冠以法国、日本，不清楚，一笔糊涂账。我买了200棵冬青，请人帮忙种了，最初，稀稀拉拉的，几番修剪后，渐成一道绿墙，到最后，隔着墙，人影都看不见。

冬青的生长，春秋两季最速，如果不管它，会蹿到十来米，这样的篱笆，毫无美感可言。于是，每年春天，修剪是一件逃不掉的事情，梯子高架，电动手动并用，园丁展示着理发师一般的娴熟手艺。

那些疏于修剪的冬青，也并非一无是处，伏天里，结出一串串红果，倒是有几分珊瑚珠子的模样。

欧式花园，侧柏也是可以做绿篱的，感觉更加敦厚严实，但在中国人的习俗中，这种植物过于严肃了，故所种者寡。

我见过更好看的篱笆。有一年夏天，在浙东的农家，以槿为篱围着的小院，远处的山色与粉红的木槿花相映衬。院子里的一方菜畦，种着时鲜的蔬菜，喝着自家的茶，此乐何极。后来读文震亨《长物志》，见"木槿"条："编篱野岸，不妨间植，必称林园佳友，未之敢许也。"原来槿篱又是古已有之。"槿篱茅舍，便有山家风味"，不过文氏说木槿"花中最贱"，语虽恶毒，却也道出其本色，民间一向称其篱障花。

这样看来，老早年的障子太原始了。不过，倒也是那个年代中国人生活的现实与民居折射的时代风习。

沧海桑田，我家的老房子，早就变为一个中学的操场，城市里，几乎见不到障子的踪迹。北方的乡村里，障子一定还有，爬满藤蔓，牵牛带着露水，为采风的画家与摄影师提供绝妙素材。篱笆的历史与美学，是值得研究的，万物简史中理应有那么一册，它是我们往昔生活的一部分，承载着无数温馨记忆的物质文化遗产。

山核桃

山核桃摘下来没多久，皮还是生的。

何广富他爸要的，治病。李侠告诉我。核桃皮绿黝黝的，挤在麻袋里，撞伤的地方是黑色的，这种幽暗中的绝望的色彩，多年以后，我在比利时画家培梅克的画中再次见到。李侠说，核桃长在大牛岭的山上，他老家，到春天，一座山都是映山红。我见过，他姐采回来的，两大把，插在罐头瓶子里，搁在窗台上，还行吧。至于核桃，治病用它的皮，麻袋捂一个礼拜，剥了，炉子上烤干，碾成末，就能吃了。可苦了。李侠咧着嘴，像他吃过似的。

山核桃，那会儿是水塔街孩子爱吃的零食。生得丑，一脸沧桑，且其硬无比。我们的吃法，是尖朝下，放在煤炉上，闻到一点焦味，取出来，核桃嘴开了，以菜刀一劈，刚好。

何广富他爸病得挺重，核桃皮吃了，没管用，还是死了。

给李侠这么一说，那些年我们一到冬天吃核桃的时候，就要念叨一番何大爷。

吃核桃需要一把锥子，是个不怎么轻松的活儿。作为博物学家的梭罗，是个爱捡核桃、爱吃核桃的人，一个朋友的太太和他说，人吃核桃的样子颇似老鼠吃东西，他深以为然，记下了这句话，还补充道：吃核桃需要聚精会神，不像吃别的，边吃还能边看书，还真是谈天说地，打发闲暇的一个事情。

我们吃山核桃的那会儿，有的是时间，读书无用，赚钱不必，革命须待最新指示，也不需那么多功夫，上街游行后，还是得回家。惟核桃不是一直有，年关临近，方可围炉小快朵颐。

还有一事，我过去不知道核桃便是胡桃。1985年的一个夏夜，我第一次听到老柴的《胡桃夹子》组曲，也了解到其本为德国的童话，但并不清楚地明白，它讲的实际上是一个吃核桃的工具，与我们用的榔头、椎子略似。看来德国的确是个善制工具的民族，我们只是想到了火，或者索性那么一锤子下去。

梭罗听到那句关于核桃的描述，时在 1856 年 12 月，写《胡桃夹子与老鼠王》的霍夫曼已经死去三十几年了，老柴还是个十几岁的翩翩少年。

可怜松

客厅茶几上的青瓷洗里，放着几个松果、干透的石榴与凌霄的荚果，有客来，拈起褐色的松果问：圣诞树上拆下来的吧？非也，是在北方的松树下拾得。

我喜欢松树，喜欢松油的香味。梭罗说，那是一种朗姆酒夹点蜜糖的甜腻。

我这一代人，对松树的接受，都是那种"快快长大快快长大""挺然屹立傲苍穹"的励志美学，即便是中国画里的松树，也只是硬汉一途的劲松，缺少了"松下问童子"的苍莽与"偶来松树下"的飘逸。

距吾乡30余公里处是辽南著名的千山，少年时代，父母亲忙着上班养家，哪有闲工夫带孩子游山玩水。某年暑假，随舅舅登山，此为平生第一次出游，所见情景，过了数十年，犹历历在目。印象最为深刻的，是一株名为"可怜"的孤松。

那是建于清代的无量观侧一面寸草不生的峭壁，虽谈不上多么险峻，人却也难驻足。那棵松兀然独立，像手臂般粗，瘦瘦的，也没有太多的枝丫，且不要和新闻电影里的迎客松比，样子甚至不如街心公园里的那些无人照料的同类。舅舅说，可怜松的年纪有 400 岁了。

可怜松颠覆了我对松树"挺且直"的认识。我甚至对广播里天天播放的"逢灾受难，经磨历劫"，仍能"蓬勃旺盛，倔强峥嵘"的高大全礼赞产生了怀疑。

多年后，流寓江南，生了乡曲之念，好读方志。在民国时期编纂的一部志书上看到这样的记载：

> （无量）观东有巨石如砥，无土无镈，上生一松，根入石中，遇风则摇摇欲倒，有弱不可经风之意，殊令人怜。

看来，这便是它名字的由来了。

从文学上来讲，比兴，修辞也，但古往今来，人类似乎始终摆脱不了一种嗜好，在某些植物上贴若干道德的标签。孔子曰："岁寒，然后知松柏之后凋也。"虽并未发挥，却微言大义，有凛然之气。唐代画家荆浩在《笔法记》里这样说松树："松之生也，枉而不曲，遇如密如疏，匪青匪翠，从微自直，萌心不低，势既独高，枝低复偃，倒挂未坠于地下，分层似叠于林间，如君子之德风也。"由物性而推及德性，唐人的精神遐想令人慨叹。

不过，观察的确是画家的基本功，闲来翻画语录、课徒稿一类的东西，发现画家个个具备间谍素质。溥儒《寒玉堂书画论》谈画松："松叶虽簇簇攒成，必有生生之理。凡近梢生叶之枝，复生小枝，小枝生叶，所生或五六叶，或十余叶，或两三叶，皆攒生于小枝之梢。望之如一簇，团团然而成，其实非一簇也。"观察之细致，比之梭罗，不遑多让。

我们这些凡夫俗子，至多觉得"这棵树好美"，就没有下文了。

松树的种类很多，常见的有黑松、罗汉松、五针松、马尾松等等，松耐寒，故北方多作为绿化树种，随处可见，南方就不同，在上海的大街上找一棵松树不易。但在地中海气候的国家，松却以一种令人惊艳的方式存在着。如果你到过罗马，会认识一种在中国见不到的松树。

当地人说，这么美的松树叫罗马松，街头撑起一把把高大的碧伞，几米之下，全无旁逸斜出，在花岗岩建筑的映衬之下，如完美的大卫一般，透出一股子阳刚之气。罗马松最高可达20余米，算是松里面的高人，据说它的松脂可入药，还可以掺入葡萄酒提味，而松针提取物则用来制作褐色或绿色染料，这倒有些像我们用松烟制墨了。

罗马松的树冠是天然的，其他的松，若要赋予人类绘画标准的审美，修剪是唯一的选择。修剪一棵松，比观察一棵松花去的时间不知道要长多少倍。在上海的花木市场，有不少来自日本的黑松，从造型上可以看得出，是经过多年修整而成的。它们的来历颇有些传奇，数十年前，主人造了自己的房子，植松于庭，如今他们或年事已高，或已不在人世，修剪这样专业的事情，下一代觉得麻烦，况且经济不景气，人工价格不菲，于是就有人专门做"收树"的生意，这些"二手松"漂洋过海，几经辗转，来到异邦的城市。树比人长寿，也因此有意想不到的经历。

这样的松，非我等可以问津，做得到的是弄几个实惠的盆景，置之小室，亦可得"六月忘暑"之趣。不过，司空图之"筑屋松下，脱帽看诗，但知旦暮，不辨何时"的境界，似乎也就说过算数了。

梅二

之一

我有两盆梅花，都是宫粉，养了快十年，年年开。

那时候新桥花市还在，有一个山东人，卖果树，也卖梅花、海棠、牡丹。梅花开完，卖得便宜，我拿回来，等它开花，这样一年就过去了。

爱梅的人，天下多得不可计数，但爱梅，不一定都养梅，有的甚至从未见过梅花。

我做文青的时候，有年冬天，报纸副刊约写一篇应时的东西，遂有岁寒三友之什，然三友之中，除了松，竹、梅二物，彼时我尚未见。

我对梅花的全部印象，来自搪瓷脸盆、提花毛巾、年画以及《毛主席诗词三十七首》。

是故梅花在我的眼中，并无高贵、雅致、脱俗之感，反倒充满了民间的热闹与欢喜。

及年长，见今人画梅，刘海粟、关山月、王成喜诸公，皆过于热烈了，只陆俨少尚称简练，别有风骨。又阅历代的咏梅诗，总是爱不起来，陈词滥调甚至可居所有题材之首。人没法一直上书本的当，我很早便产生疑问，梅花的耐寒能力是否被高估了。从小到大，在北方，我从未见过一株梅树生在冰天雪地里。可见文人墨客对梅花的宣推是多么成功。

我的梅花，年年有信，春节前绽放，花色淡红，繁复，香味淡，花期很久。

梅花一落，叶子疯长，此时园丁便开始行使他的权力。新枝需剪，截其大半，当年是不会开的。接下来它便与其他的植物一样，生虫、缺肥，形容枯槁。

有一种"玉肥"，日产，如一块粗糙的咖啡糖。塞在一个塑料托里，陷一半于盆土中，缓释吸收。但有一事甚为头疼，蛞蝓总是要趁夜色来吃它，早晨看花，大煞风景，索性将玉肥挖坑埋了。

梅到了秋天已经极不中看了，说美人迟暮，已是过誉。种梅的人知道，这是在为开花而做的伏笔。最终，梅叶落尽，红枫、银杏则色彩缤纷，梅沉默着，守候隆冬。正如胡适早年诗："种花喜种梅，初不以其傲，欲其蕴积久，晚发绝众妙。"诗绝对称不上妙，但我情愿抄这一首，他说得在理。

知道它"晚发"，园丁便将两盆梅抱到阳光最好处，好好服伺，心气平和，静待主角登场。

之二

古龙小说里有一个梅二先生，嗜酒，还有一个梅大，更是怪咖，他有片梅林，大雪天，命童子洗树干上的冰雪。梅二颇不屑。

洗树这事，非梅大首创。元人倪云林洗梧桐，最终洗挂了，倒成为雅事。据说此公洁癖盖世，每日洗头十余次，找了个歌妓，让伊洗了又洗，东方既白，最终走人。

倪云林不欢迎客人，有人欲探其宅，他赶紧写信说自己要去看梅花。倪高士画梅未见，他的那种"一河两岸"的构图，枯树、竹子更有效果。比他晚些的金冬心，倒是画梅的圣手，一圈一点，率意为之，古气逼人。近来坊间传诵王冕的"不要人夸颜色好"，却忽略了他是个画梅的人，在诗的接受史上，这将是个有趣的题目。美国人毕嘉珍20年前写了一部40万字的《墨梅》，称王冕为现代墨梅传统的奠基人，这一论断并不新鲜，但她亦有重大发现，王冕画的梅花，主干都呈S形，我看到这里吃了一惊，西人眼光与我辈确有差异。

今之画家，多不能诗，古人的句子，大派用场，陆游爱梅，一生献给梅花的情诗以数百计，但有句并不怎么有名的"春晴又喜一花新"颇为画家们青睐，我见陆俨少写过，程十发写了还不止一次，足见艺术家与学者的眼光又大不同。

此为陆放翁82岁时的一句诗。1983年，程十发题于他70年代所作的一幅画上，落款云："当年不许署名"，显然题这样的句子岂不自讨苦吃。画的内容颇合时宜，一老农教知青嫁接梅树。如单是画梅，必为"黑画"。有了工农兵，梅花就安全了。不过不能喧宾夺主，须做工农兵之陪衬，或配以革命词句。

陆诗上句为"霜晓方惊群木脱"，两句非记一时，而是诗人这一阶段之生活状态，不知秋至，且喜春来，颇为自得。我想，画家看中的是其中的戏剧性与画面感，并可意在画外吧。

美是顽强的，即使在最晦暗的岁月，也会挣扎着显现。搪瓷盆、毛巾、花布上，红梅频开，取名素梅、春梅、冬梅的女孩，就生活在我们中间，老师在课堂上点到她们的名字，仿佛嗅到梅的暗香。

我有幸认识"顶马"乐队的梅二，是位先生，曾与他同在一幢楼中做事。"顶马"最疯狂的时候，有位女同事神秘兮兮地向我们爆料：昨天晚上梅二他们演出到最后都脱光了！此梅二是否与古龙的梅二同样贪杯，不得而知，倒是有一回外头吃饭遇到他，喝过一杯啤酒。我当时就想，在一个充满谎言与奸诈的空间里，与一个摇滚青年乘同一部克虏伯电梯上上下下，是为数不多的令人欣慰的事儿了。

盆景谈

这是一本书的题目。

实际的情形是，关于盆景的书不少，有见地者寡，人云亦云者多。现代作家中，花草文字胜出者，当推周瘦鹃与叶灵凤。两家文字颇有相近处，都喜引经据典。所不同者，周氏文章，旧学底子极好，掌故之外，有自身种植经验在其中。他的几种书，坊间版本众，早年的鸳蝴作品却置之高阁，只有文学史家沉醉其中了。

周瘦鹃的《花前琐记》《盆栽趣味》《园艺杂谈》我是不时翻翻的。有趣者，我还在冷摊淘到一种油印的《盆栽趣味》，仿了这书50年代的封面，一株老梅，数朵红花，还是套色的，末页署"合肥蜀山村麓玩花老叟"。油印本并非全部翻刻周氏著作，而是一些种花"小贴士"，用其名而已。

盆景为国粹，但却殊难分类，周氏称其为"活的艺术品"，其实还是延续了早前"高等艺术"的说法。盆景英译"Bonsai"，是从日语发音而来，而日语中的"盆栽"一词则源于汉字。近年吾国盆景界人士主张用"Penjing"，毕竟这门艺术是从中国传到日本的，但似乎一时还难以取代"Bonsai"。

关于盆景的历史，我曾遍翻群籍，看得一头雾水，有的甚至把时间上溯到新石器时代。较多的说法，是从唐代开始的，证据是章怀太子墓中的一幅壁画，一名侍女手上托着一小盆树石盆景。30年前，也曾在陕西观赏过这个壁画，可惜那时还不知盆景为何物，不然会格外留意那名侍女和她的手。

我们不必捧着一本《盆景学》来养盆景，所以这些其实无关紧要。教科书上没说的两点，我倒认为顶顶重要，一是有钱，二是有闲。这不是我的发明，是一个叫成范永的韩国人说的，他在与盆景相守半个世纪后感慨道：盆景是技术与金钱、时间与执着的结合体。

上世纪 60 年代，成先生放弃在首尔的家业，独自在济州岛的一片荒地里筑梦园林，培育了上百种温带和亚热带乔灌树木，还有 2000 多盆盆景，并将占地 3 万多平方米的盆栽艺术园命名为"思索之苑"。

中国人读中学的时候，会在语文课上学到一篇清人龚自珍的《病梅馆记》，文章谴责了"以曲为美，直则无姿；以欹为美，正则无景；以疏为美，密则无态"等等对梅树之摧残，实为讥时世也。龚氏殁后一百余年，诗人艾青的《盆景》诗，也一度为人称赞："其实它们都是不幸的产物 / 早已失去了自己的本色 / 在各式各样的花盆里 / 受尽了压制和委屈 / 生长的每个过程 / 都有铁丝的缠绕和刀剪的折磨 / 任人摆布，不能自由伸展 / 一部分发育，一部分萎缩"，诗人最后写道，"或许这也是一种艺术 / 却写尽了对自由的讥嘲"。此诗作于 1979 年，收入诗集《归来的歌》，那时他恢复自由不久，对黑暗年代之禁锢、歪曲、颠倒进行着激愤的控诉。

不过成范永是个园丁，不是文人，他认为，盆栽制作不是某些人误解的是在折磨树木，盆栽艺术本身就是在痛苦、忍耐与和谐中形成的。他把自己的故事写成一本书，名字就叫《思索之苑》，这样的故事、这样的书，中国还从没有过。一般关于盆景的书，向来是"理论与实践"为一体的，缺乏从文化、审美的视角进行深入研究的著作。盆景大国日本的书店里，多见的亦是教人如何制作盆栽的小册子。农林学院里，必会有专门的盆景课程，但学生与乃师多半是从理论到理论，不会自己养许多盆景吧？而苗圃的灌园老叟，大约也不会想着去弄一部什么专著。这是个问题。

有钱有闲的成范永，让盆景园成为启发人们思索的独特空间。毕竟绝大多数人还做不到。这些年西泠印社的拍卖内容，除了古董，还多了盆景，我在图录上看到那些盆景，佳作纷呈，只是一看标价，动辄十数万元，甚至百万，实非我等寒士可侪。歌人李宗盛唱道："你我皆凡人，生在人世间，终日奔波苦，一刻不得闲。"说到底，凡人所忙者，无非稻粱谋也。

周瘦鹃亦是家境殷实的一位园丁，60年代，上海曾经拍过他的盆景纪录电影，加上他的几册盆景书，传播盆景艺术功莫大焉。解放后，大约为了求进步，制作盆景不时紧跟形势，如"劳动人民同乐图""想象中的毛主席故乡韶山一角""宝塔山"等，对盆景艺术而言，虽绞尽脑汁，却未必讨好。他有两句诗："不是寒家盆景好，江南风物本清妍"，是谦辞，也道出了这门艺术取法自然的真谛。或许，那位"合肥蜀山村麓玩花老叟"比我们更明白此中真义，说到底，盆景的制作养护与赏鉴，是一种求道的行为。

清供无尘

小时候过年，常听大人慨叹：一年忙到头。过年了，仍是忙，当然这劳碌是快活的，为家人、为自己做的，总是身心两畅。

既然过节，总要备些瓜果之什，置诸几案，看着也好。讲究的，在罐头瓶子里插几根银柳，毛茸茸的，仿佛笔头。这情景，给文人雅士见了，必谓清供。

岁朝清供，在中国画里面是一个特别的内容。画家也是劳动者，除了御用画师，均需鬻画自给，手停口停，也是一年忙到头。新春试笔，作一幅《岁朝清供图》，娱人娱己，算是劳者自歌。

清供图中，总少不了梅与水仙，及一些应季的果品，当然，花器更是一个重要角色，青铜、粗陶都好，总之愈古朴愈有味道。

余不擅绘事，然颇喜清供之精神，每逢新春，插花总是一件要做的事情。张潮在《幽梦影》里说："养花胆瓶，其式之高低大小，须与花相称；而色之浅深浓淡，又须与花相反。"我十几岁的时候，偶见林语堂选编《张潮的警句》，抄过这几句，但那时家中连个花瓶也无。去年春节，以蓝陶罐插白梅一枝，并题"城中人散去，聊插一枝春"，自得其乐也。

在江南，水仙可称正月的宠儿，花市有卖雕刻好的，亦有装了盆含苞欲开的，惜所用盆皿多俗不可耐。燕赵水仙则不易养，年年春节各界团拜，新闻联播里面见到水仙养得甚好，红绳系着，一望而知是花了大功夫的。老作家孙犁有一张相片，案头所置两盆水仙花，其叶甚长，或讥为"跟大葱似的"，盖津门冬日，日光稀薄，莳水仙颇不易也。

自晚清以降，岁朝清供图多有，任伯年、吴昌硕等画家就画了不少，愚以为，此与彼时文人绘画渐渐成为艺术品消费市场一重要类型相关，亦折射出藏家审美之一角，这一类作品之艺术史价值有限。但随便看看还挺养眼。

德国汉学家雷德侯有一部书叫作《万物》，他发现了中国文化的一个秘密：用有限的模块生产无限的作品。以郑板桥为例，他一生如此高产，是因为他的画不过是基本相同的竹干、竹叶、石头的不同组合。

按照雷氏之模版理论，岁朝清供图亦不过如此，推而广之，倪云林的"一河两岸"也是对自己的无限重复。我料定，在中国画的圈子里，这个理论不会有市场。

说到底，画家个人的风格、眼界、笔墨等技术，才是最重要的。同样一堆苹果和橘子、一个瓷罐子，塞尚和靳尚谊、周春芽肯定画得不同。这不同，便是艺术的魅力所在。

今人中，嘉兴吴藕汀先生算不上大画家，他的清供图我看过几幅，除了梅花、香橼、柿子，尚有荸荠、藕、菱角之类的菜蔬，笔意萧散，大有情趣。朱屺瞻氏亦有不少清供图传世，无甚新意，但他的绝笔《枇杷红柿图》例外。

朱氏过世那年，春节前，幸随一大帮人去医院探望。病房中放着画具，105岁的他在轮椅上，须发全白，不说话。几个月后，归道山矣。后观其绝笔，一篮枇杷、三个柿子，干净淋漓，毫无衰气，大约画家自己也随心所欲，无法无天了吧。

清供无尘，非为画家所专有之追求，浊世之中，文人亦参与营造。元代的王冕有梅花诗："我家洗砚池边树，朵朵花开淡墨痕。不要人夸好颜色，只留清气满乾坤。"这棵墨梅称得上以天地为背景之最美清供。但文学史却没有垂青他，没有谁背得出他另外的什么诗句，他善画梅，最后得以确定的地位，竟是在治印一途。

过年，究竟是放下名缰利索，回归自己的一个时段，德富芦花曾在除夕之际写道："天下无事，我家无事，无客，无债鬼，亦无余财，年暮在淡泊幽静之中度过。"

这难道不是至高的境界么？

岁暮花事

腊梅一不小心就开了。暖是一个原因，雨是一个原因。秋天水淹过后，花苞生而叶凋，虽半荫，还是急着绽放。看来春节是没戏了。莳此花不易可知。

今年都说是暖冬，体感却表明不然。植物不会说谎，紫藤、凌霄的叶子，经过半月，飘零殆尽，一心一意酝酿下一个花季。安吉拉是不畏轻寒的，但也只稀稀拉拉开几朵羸弱的花。

香樟一年到头不寂寞，叶虽未落，一粒粒黑种子却不时掉下来，踩破了，鸟屎一样，但对白头翁而言，这却是应时的佳肴。

冬天里，园丁并非无所事事，有时工作量还更大些。杏树、石榴、枇杷、花椒这些，秋天里已经修剪过，但要给树干漆上防虫的石灰，给芭蕉裹上防冻的草垫子。

杏树的叶子落光了，光线就好了不少，常春藤、铜钱草不断扩大着领地，但那绿色有些无精打采。园丁不会束手无策，总还是有不怕冷的花，可以营造出一些气氛来。

紫罗兰，能见到的花色有四五种，配了几次，才种满花坛。不过，希望这个冬天不下太多的雨，否则它会生令人绝望的霉斑病。羽衣甘蓝，有黄、紫两色，择矮棵种之，一直可以生到春天。三色堇的抗冻能力惊人，下了雪都不怕。

冬天的园子显得大了，园丁难免会动起脑筋。这片竹子过于茂盛，索性砍掉一半？樱花的位置不合适，能否移一下？无花果夏天疯长得堵住了路，也应该换个地方。

每一个念头都是一个大工程。最后还是挥起镐头，移了一棵细叶芒了事。

冬天，一切都是灰蒙蒙的，若逢雨日，几近一段黑白胶片的影像。这时候红色的花就特别提神。西洋杜鹃、茶梅平添了许多暖意，天竺与火棘顶着红果，就连梅树的花苞也仿佛真的在传递春的消息了。

古往今来，所有的园艺活动，说到底是"农事诗"，试看那些农书里头，除了庄稼果木，亦有花草。

大寒日，气温骤降，园丁终于把自己关在暖房里，品茗读书了。要知道，这样的闲暇，可是拜寒潮之赐呢。

明人徐石麒《花傭月令》中，派给十二月做的事情不多，移植、分栽、下种、扦压、滋培、休整诸事，均较其他月份为少，大部分也就是按部就班的提示。不过作者有些经验颇有趣，譬如：

> 扦石榴，二十五日为妙；二十四日扦杨柳不生虫；晦夜（三十日）用斧斫果树，则子繁不落。

这简直近乎巫术了，园丁想，插一枝石榴问题不大，但年三十夜里，提了斧头去砍心爱的杏树，是不是有些精神不正常？至于"桂花，腊雪壅根，来年自盛"。颇想一试，可是，园丁望望窗外，仿佛那里悬着一个巨大的问号：雪在哪里？

又翻《花镜》，看看从前园丁十二月的事宜如何，结果看到这样的话：

是月晦日、正月旦日，五更，以长竿打李树梢，则结实多。石榴，除夕以石块安榴桠枝间，则结实大。

园丁庆幸自己没有种李子树，不必在新年钟声敲响之际，拿着一根竹竿去敲树干，不过，如果除夕夜不那么冷，借着酒劲，他倒是可以搬块石头，卡在石榴树丫上，管他，图个吉利。

在这一节的下面，还有这样的话："岁之终，花之始也。"

嗯嗯，我也是这么想的。

灌园识小

百子莲花落，截其葶，置瓦瓮，越数日，其色如木，嗅之有草香。今年收了五枝，与往年的插在一起。植物以这样的方式相聚，也是有意思的事情。

刺果毛茛。书上说又叫野芹菜，叶子倒是像芹菜，但我没见过它长到芹菜那么高，不过周围的植物太高时，它会跟着高起来，有些"蓬生麻中，不扶自直"的意思。开小黄花，根好深，雨后土软，易拔不断。

泽漆的俗名俗之又俗：五朵云、五灯头、猫眼睛、羊奶奶草。此草特别，花都在顶上，书上说，"伞梗五枝，每梗再生小伞梗三枝，各小伞梗又分两叉"，可不就是羊奶奶。一棵泽漆可结籽数千粒。怕来年泛滥，拔掉了。

除掉水花生，用了几年时间。水花生还有其他的名字，空心莲子草、空心苋菜、革命草。老农唤其红军草，盖一旦生根，则繁于地下，难以清除。又据说这草是鬼子带来的，因生长迅速，是喂军马的好饲料。

浇水的时候，发现了乐昌含笑上面的鸟巢。编织得很紧致，一只白头翁远远地瞧着我，一定是房屋的主人了。这棵树是一直有的，没见开花，倒是曾病过一场，今年枝繁叶茂，既然好鸟筑巢，树以鸟贵，也就不忍锯掉它。

这白头翁不甚怕人，日日飞来飞去，结果倒是我怕了它，朋友聚会取消、花园改造推迟，连夜里都要早早关了灯，免得它睡不好。趁其出去觅食，搬了梯子偷窥，好家伙，三只蛋啊。网上说，十三天左右孵出来小鸟，这可是件大事。

四月，残酷的季节。去了几个花市，终是没有寻到一株紫丁香。梅花碧叶满枝，盆里的红梅结籽四枚。斫桂树矮枝，不必再弯腰通过小径。玫瑰含苞，地姜与紫苏天天向上。马尼拉草坪和春天的距离却远不止三十天。

五月，晨起，芍药开了，粉嫩可爱，惜太单薄。毛鹃撒着欢开，让人忘了它的蓬乱，拟花后修剪。买大丽花红、紫、黄各一，花朵之大，远胜去年。买五色梅四盆、美女樱八盆、石竹十盆、波斯菊五盆、蜀葵两盆、凤仙花四盆、月季三十盆。

小满。天空阴郁一整日，薄暮，雨丝如缕。没太阳的好处是省了劳心劳力的灌溉，看着锦葵、波斯菊、大丽花们神采奕奕，园丁终于能够坐下来，赏鉴自己一周以来的成果。

不知不觉中，睡莲从淤泥中撑到了水面，石缸里，新添的几尾红鱼躲在幽暗的水中，试探着，啄食青苔上的蜗牛。

三色堇没精打采地瘫在石缸周围，随着夏天来临，生命接近尾声。

酷暑，浇水时，两只蛱蝶并不逃走，而是落在花叶上喝水，其中一只的翅膀破了，好可惜。想起正冈子规的俳句："蝴蝶碰到荆棘／刺破了翅膀"，林林译的。

这次的台风是个植物的名字：梅花，可八月不是梅花季。梅花不会和玫瑰、芭蕉成为朋友。古称梅兰竹菊为四君子，前三样勉强可以凑在一道，话说这菊花，可等不到早梅。

"梅花"一来，先是香樟树，洗澡一般，把那些留不住的叶子、枝条，彻底摇落。芭蕉就不成了，刚刚抽出的叶子很快就成了绿流苏。竹子的压力似乎不大，细干全无阻力，只是东摇西晃罢了。但凌霄居然很脆弱，枝折花落，令人慨叹高攀的代价。

弄花人这一夜是很难睡的，风声让他念着那些娇嫩的草茉莉、金银花、爬山虎、藤月季、天竺葵，甚至不值钱的太阳花。还好，"梅花"来去匆匆，清掉花盆里的积水，用绳子拉直倒伏的洋姜，扫干净草地上的落叶，然后流着汗，看白云在天际飘过。菜园亦无恙。

天凉了。歇夏的草木仿佛苏醒，新叶迭出，园丁有些手忙脚乱。冬青要修剪，死竹需清理，香樟遮住了窗，要锯掉一些。杏树、石榴、花椒要加肥料，君子兰、罗勒、玉树、三角梅要移进玻璃房。是"流光容易把人抛"，还是"满袖芳馨容易掷"，说不清。

大雪那天，晴冷，看着电视上北方的雪情，夸着南方的太阳，转眼几日，冬雨霏霏。

紫藤的叶子一夜之间落了大半。竹子居然黄绿参差了。岁寒三友里面，竹子大约是最脆弱的一个了吧。吴风草的花期很短，黄花凋，种子熟，一簇簇，毛茸茸的，只待风来，送它们到各自的落脚处，骊歌日日唱着。樱花、紫薇的叶子是在枝上就变了色的，黄里透着红，刚到橙色，就落了下来。这种颜色，林风眠、王雪涛的画里面都找得到。郑乃珖画这些就太艳，但有虫啮的叶子可以看。

江南虽暖，但冬日的花，也很有限。

紫罗兰每年总是要种的，去年种得早，雨水多，不久便枯掉了。今年的四十几株，分数次购得，盖颜色不一，又要重瓣的，要到很多人家才配得齐。羽衣甘蓝也是每年冬天的主角之一，那年在奈良过新年，见很多人家的门前都放着一盆花，两株羽衣甘蓝，配常青藤，和一种叫小天使的，好看极了，以后，每到冬天，也这样炮制两盆。不过，春天一到，羽衣升高，便不足观。三色堇、角堇也是抗冻品种，又便宜，而且一直可以开到四五月。一品红十一月就露面了，有一种不那么红的，略粉色的，也很好。买几盆，放到台阶上，过了节，温度骤降，呜呼哀哉。

冬天上班路上亦可赏秋景。薄荷、常春藤那么绿，白玉兰却已有了花苞，爬山虎晚来红，园艺师傅趁初晴开始松土。恰佩克说，即使在一月，园丁也不是无事可做。比如我，在阴冷中幻想一下春花烂漫。

园丁在院子里散步时，还看了看南天竹。去年，一串串红豆般的果实在冰雪中甚是可爱，今年无雪，也没有果实，真是奇怪的事情啊。小院寂静，听不到植物生长的声音，芍药、五色梅、西番莲、蜀葵、火星花、柠檬香茅们，都只能春天再见了。

十一月有件事情是要天天做的，扫落叶。每个早上，叶子准时签到，角角落落。它们是夜里就来了的，如果这个晚上冷一些，它们就多些，要是下过小雨，便更多。扫叶，固然需要力气，还要耐性。有风的时候，是不能扫的。

猫蜷在门口，等你停下来后它才有早饭。

有些植物是不需照料的，小径边的麦冬草，你不管它，反倒更加茂盛。吴风草也是胖乎乎的，受冻的常青藤虽然黯淡了一些，但仍在努力伸展，薄荷味道依旧，毛鹃也是如此，水果兰就更不必担心，蓬乱的枝条仿佛裹了一层霜雪，美丽极了。"桃李向秋凋落尽，一枝松色独青青。"不争气的杏树，伸展着光秃秃的树干宣示它的主权，它是花园里的老家伙，小松树种在盆里，青则青矣，却也人轻言微。

今年盆景多了不少，火棘、榔榆、迎春、真柏，金叶女贞是我在河边散步偶见绿篱一角为人踩踏之株，奇美，遂入砂盆，略加修整，成此清供。

又是一个好天气，园子里有很好的光影，可惜为五斗米，还得出去啊。

本书中出现的主要书籍

后　记

上海的春天，不是一下子暖起来的，时晴时雨，如此数番，方才降临。谚曰："吃了端午粽，才把棉衣送"，就是提醒人切莫大意，早早换了春装，春天还远着呢。

但植物却很少犯错，柳梢总是到了时间才返青，樱花也是到了辰光才烂漫，敏感的诗人于是发现，"草树知春不久归，百般红紫斗芳菲"。每到春天，都是我最忙的时候，不是忙着作诗，是忙着翻土、播种、施肥，做一个称职的园丁该做的事情。

最近英国有个调查，罗列出若干一个人进入中老年的标志，其中有一条：沉湎于园艺。如此说来，我早就老了。

父亲爱花。最初，我们住在一个叫水塔街的地方，有个小小的院套，种着北方随处可见的一些植物。后来搬进公寓，家里的阳台、窗台上拥挤着他的六月雪、茉莉、栀子、君子兰。那些年没有花鸟市场，这些不值钱的花，大都是同事、朋友之间互换而来。谋生不易，一周也就歇息一日，家务之外，也就摆弄这些了。

我对植物的兴趣，和父亲有很大关系，所不同的是，这爱好更多的与阅读联系在一起。《古今小说》里面的"灌园叟晚逢仙女"、《镜花缘》里面的"上苑催花"都是幼年时喜欢看的，更不要说《红楼梦》里面的海棠诗、菊花诗等等，而对植物的知识与认识，也就这样点滴积累起来了。孔夫子说读《诗》，"多识于鸟兽草木之名"，不只指出了获得知识的途径，也在告诉我们人与植物的关系，这档子事儿，与"事父事君"一样的重要。

十年前，住到了乡下，以距离换面积，得一小院，园丁梦圆。

我的梦简单得很，把小时候认识的那些花都种一遍。雏菊、鸡冠花、凤仙花、蜀葵、芍药、天竺葵、月季、草茉莉、蓖麻，它们太常见了，甚至不入时下养花人的法眼，但我喜欢，这是我和它们的缘分。种树，是从前想都不敢想的，那么，就种一株无花果吧，一株枫树、一株晚樱、一株石榴、一株花椒、一株杏树，还有紫藤、凌霄。近人陈石遗曰："地小花栽俭，窗虚月到勤"，这种怡然自得，我所欲也。

记得知堂老人说过："有些人种花聊以消遣，有些人种花志在卖钱；真种花者以种花为其生活，而花亦未尝不美，未尝于人无益。"他以种花喻创作，我则种花十年，扫叶十年，真的成了生活，却从未想过写关于植物的文字。万丈红尘，埋首故纸。直到有一天，倦极而生宏愿：为种过的每一株花草作传。于是就有了这些文字。这是我和植物的故事，也是我和记忆的故事，我和书的故事。

方向既定，上下班的路上，在手机的记事本上写就初稿，修改时再核对其中提到的书与史料，如此一年多下来，居然完成了五十余篇。承师友好意，其中一些陆续刊登在报刊上。半生读书，百无一用，孜孜于花草小札，不敢以马一浮之"已识乾坤大，犹怜草木青"自况，却也觉得他说得好。

读中学的时候，语文老师孙荫棠先生大概发现了我的喜好，借给我一本周立波编选的《散文特写选（1959—1961）》，我如饥似渴地从刘白羽、杨朔，读到叶君健、李健吾，算是懵懵懂懂地明白了"散文"为何物。但真正让我爱上"散文"的，却是1978年重印、冯其庸等人选注的两卷本《历代文选》，熟读涵泳，获益甚夥。再后来，读鲁迅的全集、读周作人的文集，考镜源流，钩深致远，发现这才是自己最喜欢的。上述之个人阅读史，实不足为外人道，却也折射出时代之风尚，若余晚生20年，文坛繁花似锦，书籍琳琅满目，或许我的阅读趣味全然不是这样。

散文应该是最能反映作者气质、精神、教养的文体，但散文的"作法"却是最难说清的。清人薛雪在《一瓢诗话》中云："人之才情，各有所近，或正或变，或正变相半，只要合法，随意所欲，自成一家。如作书，不论晋唐宋元，只要笔笔妥当，便是能书。"话的意思，不难理解，但"合法"与"妥当"，却是写作者要毕生苦求却未必能抵达的境界。我并无太高的自我期许，只是时时告诫自己，不要因为读者的厚道便偷懒、懈怠。

我的小园里有一块石匾，上刻"逸庐"二字，得自虹口一处拆迁的石库门废墟。数十载前，逸庐中种着什么样的花草，无人知晓，数十年后，或许有人可从这本《逸庐花事》中一窥时代之一角吧。我始终以为，陆游的"老去已忘天下事，梦中犹见牡丹花"，与布莱克的"一花一世界，一沙一天国"，有异曲同工之妙。

逸庐的园丁还是一位业余的图像爱好者，为他的花木写真，不过这是他园艺活动的一个细小的快乐，于是就有了这本书中的图片。罗兰·巴特说，照片既不是"艺术"，也不是"消息"，无非是"这个存在过"之"证明"。所以，读者诸君万勿以摄影作品来看待，在作者自己，亦不敢以图文并茂之类的话来标榜。

最后，要感谢上海文化发展基金会的支持，感谢"启真馆"总经理王志毅先生，出版人吴兴文先生，编辑焦巾原女士，作家殷健灵女士，上海市作家协会党组书记、副主席王伟先生，以及老友简平、林伟平、蒋楚婷给予我的无私帮助！

2019 年暮春月，上海逸庐

图书在版编目（CIP）数据

逸庐花事 / 李涛著 . —杭州：浙江大学出版社，
2021.7

ISBN 978-7-308-21502-2

Ⅰ . ①逸… Ⅱ . ①李… Ⅲ . ①散文集—中国—当代
Ⅳ . ① I267

中国版本图书馆 CIP 数据核字（2021）第 129504 号

逸庐花事

李涛 著

责任编辑	叶　敏
文字编辑	焦巾原
责任校对	汪淑芳
装帧设计	宽　堂
出版发行	浙江大学出版社
	（杭州天目山路 148 号　邮政编码 310007）
	（网址：http://www.zjupress.com）
制　　作	北京楠竹文化发展有限公司
印　　刷	北京中科印刷有限公司
开　　本	787mm×1092mm　1/32
印　　张	9.5
字　　数	142 千
版 印 次	2021 年 7 月第 1 版　2021 年 7 月第 1 次印刷
书　　号	ISBN 978-7-308-21502-2
定　　价	68.00 元

浙江大学出版社市场运营中心联系方式：（0571）88925591；http://zjdxcbs.tmall.com